Louis **BOUVET** et Ch. **DARANTIÉRE**

UNE NUIT
DE
MANŒUVRES

BOUFFONNERIE MILITAIRE

EN UN ACTE

Créée à Paris, aux Concerts de *La Répinière* et de *La Fauvette* le 17 Novembre 1905

5. H. 4 F.

PARIS

C. JOUBERT, Éditeur, 25, rue d'Hauteville

Répertoire de la Société Lyrique

Tous droits de reproduction, de traduction et de représentation réservés pour tous pays

Anciennes Maisons BRANDUS et JOUBERT réunies

C. JOUBERT, Successeur

ÉDITEUR DE MUSIQUE

PARIS. — 25, Rue d'Hauteville, 25. — PARIS

RÉPERTOIRE
DES OUVRAGES DE CONCERT EN UN ACTE
Faisant partie du répertoire de la SOCIÉTÉ LYRIQUE

Abréviations : LOC. Veut dire : La musique n'est qu'en location et ne se vend pas.
SM. Signifie : Pièce sans musique.

Les prix indiqués dans la colonne des « Prix nets » signifient qu'il existe une partition piano et chant.

AUTEURS	TITRES DES ŒUVRES	HOMMES	FEMMES	PRIX NETS
D. Campisiano	Absalon	2	1	6 »
E. Fournier	Accordeur (L')	2	3	s. m.
Guillemaud	Adrien n'aime pas le piano	3	1	s. m.
Vallès-Garnier	Affaire Cœurdeveau (L')	5	1	s. m.
Daniel Jourda	Affaire de Bourse	6	2	s. m.
St-Paul-G.Rose Fils	Agence est au-dessus (L')	3	3	s. m.
F. Bernicat	Agence Rabourdin (L')	1	1	5 »
L. Bouvet-F. Muffat	Ah ! la chouett'revue	4	4	loc.
Japy	A huitaine	troupe	»	5 »
Alexandre-Roger Darval	Aïe !... J'ai peloté une belle-mère	5	4	s. m.
St-Paul-Rose Fils	Air de la mer (L')	4	4	s. m.
Bessière	A la Caserne	6	2	s. m.
St-Paul et Maurice Lupin	Alfred a des cors aux pieds	3	2	s. m.
L. Bouvet	Ami Chambardel (L')	3	1	s. m.
De Marsan	Ami Roscanvel (L')	4	3	s. m.
Lebreton	Amour à coups de poings (L')	2	2	s. m.
Lebreton-St-Paul	Amour en Dentelles (L')	2	2	s. m.
G. Street	Amour en Livrée (L')	3	1	5 »
Desormes	Amour et l'Appétit (L')	1	1	4 »
Vallès-Garnier	Amour et Sauvetage	3	2	s. m.
De Farcy	Amour Modiste (L')	2	3	s. m.
V. Roger	Amour Quinze-Vingt (L')	3	1	4 »
Dollin-Bonlay-Layrice	Amours d'un Piston (Les)	3	2	s. m.
L. Bouvet	Anarchiste (L')	3	1	s. m.
M. Gribinski	Annonce (L')	3	3	s. m.
Alexandre Roger Darval	A nous le Divorce	6	5	s. m.
St-Paul-P. Avril	Apache est de rigueur (L')	1	2	s. m.
L. Bouvet	A propos de Bottes	2	»	s. m.
J. Emmecé	A qui le Gosse ?	troupe	»	s. m.
Monnery-Marien	Argot tel qu'on le parle (L')	5	3	s. m.
M. Chautagne	Arracheuse de Dents (L')	2	1	4 »
Bouvet-Arribat	Arrestation arbitraire	4	2	s. m.
Marc Sonal	Arrêts de rigueur	1	1	s. m.
Géraldy	Ascension du Mont-Blanc (L')	1	1	4 »
L. Martin-Duhem	Auberge du Tambour battant (L')	2	2	loc.
Banès	Au Coq huppé	3	2	5 »
Carpentier et J. Mendrot	Audition de St-Glinglin (L')	3	»	s. m.
Guérineau	Auteur par amour	1	2	3 »
L. Bouvet et J. Arribat	Auvergnat par amour	3 ou 4	2	s. m.
Henry Moreau	Avant le bal	1	1	3 »
L. Riveau et G. Dubreuil	Avarié du Mardi Gras (L')	3	2	s. m.
H.Gambart et G.Charpentier	Baduquet n'est pas ridicule	2	2	s. m.
Deransart	Baigneur et Nageuse	1	1	3 »
Autigeon-Dourel-Roydel	Baigneuses de Cocotteville (Les)	5	9	loc.
A. Mouëzy-Eon	Bain de pieds (Le)	1	2	s. m.
Rose fils et Ryvez	Banquier malgré lui	3	3	s. m.
Leserré	Barbe-Bleue	1	»	2 »
L. Moche	Baronne	2	1	s. m.
Georges Rose fils	Belle maman m'adore	2	3	s. m.
De Marsan	Belle-mère apprivoisée (La)	4	3	loc.
Lebreton-St.-Paul	Belle-mère est sans pitié (La)	2	2	s. m.
Wachs	Bibi ou l'Enfant de l'Amour	1	1	4 »
Bouvet-Muffat	Le Bigamhe de la Bastille	3	3	s. m.
C. Roland	Bimariés	1	1	s. m.
B. Lebreton et F. Spondant	Bonne à découché (La)	4	4	s. m.
L. Bouvet-F. Muffat	Bonne nuit Tardiveau !	3 ou 2	2 ou 1	s. m.
E. Bessière	Bonsoir !!!	1	1	s. m.
Cellier-Joullot	Boudoir discret	2	1	s. m.
Moreau-Gramet	Bougnol et Bougnol	4	2	loc.
Villebichot	Boum ! Servez chaud	3	2	4 »
H. Moreau-Arnould	Braves gens (Les)	7	5 ou 7	loc.
Hubans	Brelan de bogues	2	1	5 »
H. Moreau et Maurice	Bretelles (Les)	2	1	s. m.
F. Bernicat	Cadets de Gascogne (Les)	troupe	»	7 »
Banès	Cadiquette (La)	1	1	5 »
Saint-Paul	Cage de l'Oncle Tom (La)	3	2	s. m.
Lebreton	Caïn	3	2	s. m.

AUTEURS	TITRES DES ŒUVRES	HOMMES	FEMMES	PRIX NETS
Javelot	Câlino amoureux	2	1	3 »
Lebreton et Soudant	Camelots (Les)	6	5	loc.
E. Bouchaud	Cantine Grovot (La)	5	3	s. m.
Lebreton-Moreau	Ça porte bonheur	5	3	s. m.
V. Herpin	Capricorne (Le)	troupe	»	loc.
F. Barbier	Carmagnole (La)	3	3	5 »
A. Berthon	Carnaval des 4 z'arts (Le)	6	2	loc.
Levavasseur	Carte de visite (La)	3	3	s. m.
Antigeon-Despiau	Cascadin et Cie	6	5	s. m.
O. Méténier-D. Fabrice	Casque d'or	1	3	s. m.
Léon Jancey	Cavalier Bourlot	2	»	s. m.
F. Lémou-J. Moy	Ce cochon d'Emile	3	2	s. m.
D. Jourda	Celles qui savent	1	2	s. m.
Chabaud-Colonge-Tranchant	Ce pauvre Bobinet	2	1	s. m.
De Marsan	Ce Sacré Narcisse	4	3	s. m.
D. Fabrice	Ce Zidore	3	»	s. m.
A. Mesnil-P. Raynoue	C'est la vie	3	2	s. m.
G. Rose fils-F. Bouveret	C'est un secret de Polichinelle	2	2	s. m.
G.Rose fils et G. de Nola	Cette Crapule de Duveau	2 ou 3	2	s. m.
Chelu	Chambre à louer	1	1	2 »
L. Bouvet	Chanson de Florentin (La)	3	2	6 »
V. Roger	Chanson des Ecus (La)	3	1	4 »
E. André	Chaos (Le)	1	1	4 »
H. Gilbert	Chaste Suzanne	2	2	s. m.
Yvel	Chéri des Dames (Le)	4	2	loc.
Dourel-Rarilel-E. René	Chevalier Tric-Trac (Le)	2	8	loc.
Meynard	Chez le Dentiste	3	1	3 »
Lhuillier	Chez les Corniquet	1	»	1 »
B. Lebreton	Chez « Ma Tante »	7	5	3 »
C. Rosenquest	Chicard et Bébé	1	5	4 »
L. Bouvet	Cinq à sept de chez Pétronne (Les)	6	4	loc.
Moreau-Gramet	Cinq contre un	4	5	loc.
E.Brasseur-L.T.	Circulaire du Préfet (La)	6	2	s. m.
Villebichot	Cirque Pongèr's (Le)	troupe	»	6 »
B. Lebreton-E. Blairat	Clef des Songes (La)	4	3	loc.
L. Bouvet	Clémence d'Auguste (La)	2	1	s. m.
Bessière	Clou (Le)	2	2	loc.
L. Collin	Coco Bel-Œil	3	1	6 »
A. Petit	Cocotte et Chiffonnier	1	1	4 »
L. Bouvet	Codicile (Le)	4	4	loc.
CH. Mougel-de. Marsan	Colo saute le mur (Le)	5	3	s. m.
Villenier-Delaruel				
Péricaud	Colosse de Rhodes (Le)	3	»	4 »
L. Bouvet G. Arribat	Commandant Lavertu (Le)	5	4	s. m.
St-Paul-G. Rose fils	Commissaire est embêté (Le)	3	2	s. m.
A. Petit	Confections pour Dames	2	4	5 »
L. Bouvet-Schmoll	Congrès des Cocottes (Le)	5	7	s. m.
G. Toure-H. Barbé	Conquêtes difficiles	3	1	s. m.
L. Collin	Conscrit Tyrolien (Le)	1	1	3 »
Habrekorn et P. Marc	Contes de Piron (Les)	2	10	loc.
Lebreton-Moreau	Contrôleur des Wagons-Bars (Le)	4	3	s. m.
R.Maygrier-F.Lemieuland	Coquins de Souliers	4	2	s. m.
Ryvez	Cordon s'il vous plaît	3	3	s. m.
L. Bouvet-F. Muffat	Cornuflot a la gale	4	3	s. m.
Lebreton-Moreau	Cote et Cocottes	4	4	3 »
H. de Farcy	Couleur Jaune (La) ou une nuit d'amour	3	1	s. m.
C. Roland	Courroie (La)	2	1	s. m.
B. Bouvet-G. Arribat	Course au sac (La)	4	2	. m.
Claude Roland	Courtisane a bon cœur (La)	1	3	. m.
Habrekorn	Couturière est au-dessus (La)	2	5	. m.
G. Cellier et E. Joullot	Couverture (La)	4	3	. m.
F. Bouveret	Créanciers du coffre-fort (Les)	5	3	loc.
Marsan (De)	Crépuscule des vieux (Le)	3	2	. m.
E. Fournier	Crime avorté	2	2	s. m.
L. Martin et E. Duhem	Crime de Passy (Le)	2	2	loc.
De Roze et d'Arsay	Culotte du marié (scène) (La)	1	»	1 »
Saint-Paul	Dame aux blue (La)	2	2	s. m.

UNE NUIT DE MANŒUVRES

BOUFFONNERIE MILITAIRE EN UN ACTE

Créée à Paris, aux Concerts de *La Pépinière* et de *La Fauvette*, le 17 Novembre 1905

Louis **BOUVET** et **Ch. DARANTIÉRE**

UNE NUIT

DE

MANŒUVRES

BOUFFONNERIE MILITAIRE

EN UN ACTE

Créée à Paris, aux Concerts de *La Pépinière* et de *La Fauvette* le 17 Novembre 1905

5. H. 4 F.

PARIS

C. JOUBERT, Éditeur, 25, rue d'Hauteville

Répertoire de la Société Lyrique

[illegible]

[illegible]

[illegible]

L. BOUVET et Ch. DARANTIÈRE

UNE NUIT DE MANŒUVRES

Bouffonnerie Militaire en un Acte

Créée à Paris, aux Concerts de *La Pépinière* et de *La Fauvette*, le 17 Novembre 1905

PERSONNAGES

	à la Pépinière		à la Fauvette
Le Général MOREAU CHANDEVIN, *55 ans*	MM. L. KERLY	MM.	LUDOVIC
PÉNARD, *Brosseur de Labousquette*	A. DEBRAY		POMARD
LACUITE, *Brosseur de Vernier*	URBAN		PAULEY
Le Capitaine LABOUSQUETTE, *42 ans*	GEORGEL		ELVELL
Le Capitaine VERNIER, *34 ans*	MARIUS R.		MAURAISIN
Prudence JACQUINEL, *tante d'Estelle, 38 ans*	Mme M. OZY	Mmes	BRÉHY
Estelle RECOUVRANCE, *jeune veuve, 25 ans*	VIALYS		SCHNEIDER
LÉONTINE	ANCENY		DELILLE
VICTOIRE	DAVRIGNY		MARIO

Domestiques, 25 ans

Un salon de l'*Hôtel du Bœuf couronné*. Deux portes à gauche donnant dans les chambres des capitaines Labousquette et Vernier.

La porte à droite donnant dans la chambre de Prudence Jacquinel.

A droite de la scène, un guéridon et deux fauteuils… sur le guéridon, un verre d'eau avec un carafon de cognac, et les bougeoirs de l'hôtel.

Au fond, une baie donnant sur une terrasse… à droite de la baie, buffet avec biscuits, fruits, etc… Une lampe allumée sur le buffet.

SCÈNE PREMIÈRE

Estelle, Prudence, Victoire, Léontine

PRUDENCE, *aux deux bonnes.*

Dépêchez-vous, je vous en prie… Dépêchez-vous…

VICTOIRE, *apportant une cuvette et un pot à eau*

Voilà… madame… voilà…

(*Elle entre dans la chambre du 1er plan gauche*).

PRUDENCE, *très affairée.*

Et l'oreiller et le couvre-pied du 24...

LÉONTINE, *entrant, les bras chargés de l'oreiller et du couvre-pied.*

Ah !... ne vous frappez pas !... les vlà !...

PRUDENCE

Ma fille, vous êtes insolente...

LÉONTINE, *entrant dans la chambre du second plan, gauche.*

Ben quoi ! J'fais mon service...

PRUDENCE, *à Estelle.*

Les domestiques sont d'un sans-gêne !...

ESTELLE, *assise à droite de la table et faisant de la tapisserie.*

Elles savent que tu as besoin d'elles, ma tante...

PRUDENCE

Surtout aujourd'hui !... quelle chance, ma chère Estelle, pour mon hôtel... l'hôtel du Bœuf couronné, le premier de Magny-sur-Loire, que les manœuvres se fassent dans les environs.

LÉONTINE, *sortant de la chambre.*

Le lit est prêt...

VICTOIRE, *sortant de l'autre chambre.*

Rien ne cloche. Ils peuvent venir les officiers !!

PRUDENCE, *avec un geste noble.*

C'est bien... retirez-vous...
(Les deux bonnes sortent au fond en tirant la langue à Prudence).

SCÈNE II

Prudence, Estelle

PRUDENCE

Ah ! je suis éreintée, moi.

(Elle vient s'asseoir à gauche du guéridon et se confectionne un grog).

Mais je suis éreintée agréablement. Ah ! j'ai travaillé dans ma vie, ma nièce... J'ai travaillé. *(Elle boit.)* Ce grog est excellent... Célibataire et vigoureusement constituée... J'ai compris que le travail était la seule dérivation possible à mes aspirations inassouvies !

ESTELLE

Ah, ma tante !!

PRUDENCE

Pourquoi ne te le dirais-je pas ? Tu es veuve... Tu connais la vie... Eh bien le célibat m'a toujours horriblement pesé... Tiens, tâte ma tête... là... sous mes cheveux... *(Estelle lui tâte la tête.)*

ESTELLE

C'est une bosse ma tante... Vous vous êtes cognée ?...

PRUDENCE

Non, c'est la bosse de l'amativité... Estelle, je suis faite pour aimer...

ESTELLE

Nous sommes toutes faites pour aimer... Et encore toi... tu ne sais pas ce que c'est...

PRUDENCE

Non... mais je m'en doute.

ESTELLE

Tandis que moi... *(elle soupire)* je suis veuve, et...

PRUDENCE

Dis-moi, Estelle, tu n'as jamais trompé feu ton mari ?...

ESTELLE

Jamais...

PRUDENCE

C'est que l'occasion t'a manqué...

ESTELLE

Ah pardon !! si j'avais voulu... notamment avec un certain lieutenant...

PRUDENCE, *rapprochant son fauteuil.*

Ah ! ah !... Raconte-moi cela...

(Entre Pénard et Lacuite chargés du bagage de leurs officiers et précédés de Victoire... Pénard est blond, Lacuite est brun, il a la figure rouge et est mal rasé).

SCÈNE III

Les mêmes, Pénard, Lacuite

ESTELLE

Quelqu'un... ma tante...

PÉNARD, *avec volubilité.*

Bonsoir... Messieurs, bonsoir Mesdames... Bonsoir tout le monde et la compagnie...

LACUITE, *à moitié pochard lentement.*

Salu...e.

PRUDENCE, *passant au 1*.

Vous désirez... messieurs...

LACUITE, *au 3 à Pénard au 2*.

Dis-Donc, elle nous prend pour des messieurs !...

(*Les bonnes sont au fond — Estelle s'est levée*).

PÉARND

Ferme Lacuite ! ferme !... (*remettant les billets de logement.*)

Je vous apporte les billets de logement de nos deux capistons...

PRUDCENE, *prenant les billets*

Des capitaines !... (*elle frétille*).

PÉNARD

Oui, on a préféré leur payer l'hôtel, plutôt que de les loger...

PRUDENCE

Et ils s'appellent vos officiers ?...

PÉNARD, *saluant militairement*.

Le capitaine Labousquette...

LACUITE, *même jeu*

Et le capitaine Vernier.

ESTELLE, *très émue*.

Vous avez dit...

LACUITE

J'ai dit le capitaine Vernier... ancien lieutenant au 36°...

ESTELLE

(*à Lacuite*) Pas un mot de plus... (*à part*) c'est lui, c'est bien lui...

PRUDENCE

Qu'as-tu Estelle ?...

ESTELLE

Rien, ma tante... une migraine subite... Je vais me frictionner les tempes avec de l'eau de cologne...

PRUDENCE

C'est cela, frictionne-toi ma fille, frictionne-toi...

LACUITE

C'est ça, frictionnez-vous, vous gênez pas pour nous...

ESTELLE, *en sortant*

Le capitaine Vernier !... que faire, mon Dieu ! que faire ?...

(*Elle sort au fond en oubliant sa tapisserie sur le guéridon*).

LACUITE *à Estelle*.

Salu...e.

PRUDENCE, *aux brosseurs*.

Et où sont-ils vos officiers ?...

PÉNARD.

Ils sont en bas... Ils mangent un morceau avant de se coucher... Dans cinq minutes, ils seront ici...

PRUDENCE

Dans cinq minutes... Je vais faire un brin de toilette pour les recevoir... Au revoir mes amis...

PÉNARD

Au revoir, madame...

LACUITE

Salu...e.

PRUDENCE, *à part*

Il y a dans cet hôtel comme une odeur virile de corps de garde... J'adore cela, moi...

(*Elle sort à droite*).

SCÈNE IV

Pénard Lacuite, puis Victoire et Leontine.

LACUITE *au 2*.

Dis donc Pénard...

PÉNARD *au 1*

Quoi donc, Lacuite ?...

LACUITE

Pourquoi que la petite dame m'a dit... Pas un mot de plus... (*il imite l'intonation d'Estelle*)

PÉNARD

Ne cherche pas à comprendre...

LACUITE

Non !... ce que je cherche... c'est la cave... Cristi que j'ai soif !...

PÉNARD

Veux-tu te taire, ivrogne !...

LACUITE

(*Apercevant le grog préparé par Prudence*)

Ah ! bon dieu, voilà mon affaire... (*il se reverse du cognac en passant à droite de la table*)

PÉNARD, *au 1*

Non, mais ne te gêne pas... (*Reluquant le buffet*) Ah ! des victuailles ! (*Ils s'attablent, mangent et boivent*) (*Entrent, venant du fond, Victoire et Léontine qui s'arrêtent un instant sur le seuil, en contemplant les deux brosseurs*).

VICTOIRE, *à Léontine.*

N'est-ce pas ils sont gentils ?...

LÉONTINE

J'aime mieux le brun.

VICTOIRE

Et moi, j'aime mieux le blond...

(*Elles entrent*)

LÉONTINE, *aux brosseurs.*

C'est-il que vous auriez besoin de quelque chose ?...

LACUITE, *qui buvait s'étrangle.*

Non, merci... (*s'apercevant que ce ne sont que des bonnes.*

Ah ! des petites bonnes). (*Lacuite et Pénard se précipitent vers elles et les prennent à la taille*).

PÉNARD, *à Léontine.*

C'que t'es potelée, toi.

LÉONTINE

Voulez-vous finir...

LACUITE, *prenant également Victoire par la taille*

Ah ! t'en as des mamelons !...

VICTOIRE

A bas les pattes...

PÉNARD

Mes poulettes, parlons peu et parlons bien. Il nous faut cette nuit à Lacuite mon camarade et à moi, Isidore Pénard... brosseurs des capistons de la 1re et de la 2me du 3... deux plumards... deux excellents plumards.

VICTOIRE

Des plumards... Vous n'y pensez pas... L'Hôtel est plein...

LACUITE, *à Pénard.*

S'il est plein... l'hôtel, il est comme moi.

PÉNARD

Alors nous prendrons les vôtres... ...

LÉONTINE

Et nous... où coucherons-nous... Victoire et moi ?...

PÉNARD, *galant.*

Nous vous ferons une petite place...

VICTOIRE

Vous avez un certain culot vous...

PÉNARD

Je n'en manque pas...

LÉONTINE

Tout ce qu'on peut faire... c'est de vous descendre un matelas... et de vous l'installer ici...

PÉNARD

Ça nous suffira... seulement si vous étiez bien gentilles...

VICTOIRE

Eh bien ?

PÉNARD

Eh bien on causerait tout de même un peu cette nuit, au clair de lune, quand votre ouvrage elle sera terminée...

LÉONTINE

Vous êtes des mauvais sujets...
(*Pénard et Lacuite lutinent vigoureusement les petites bonnes qui se défendent mollement... on entend de violents coups de sonnette*)

UNE VOIX, *dans la coulisse.*

Bon sang de bon sang... Il n'y a donc pas de domestique dans cet hôtel...

LÉONTINE, *se dégageant.*

Voilà, voilà...

VICTOIRE

On ne peut pas être deux minutes tranquille...
(*Elles sortent au fond en envoyant des baisers aux brosseurs*)

LACUITE

Salu...e.

SCÈNE V

Pénard, Lacuite, puis les capitaines Laboù-quette et Vernier

PÉNARD

Elles sont gentilles... ces petites...

LACUITE, *se rasseyant, se reversant du cognac et chantant.*

Vive le cognac... l'amour et le tabac !...

Pénard, *s'installant dans un fauteuil à gauche de la table.*

Ah ! la ferme !! J'ai comme l'idée que dans deux ou trois heures... Mlle Léontine n'aura plus rien à me refuser... Pourvu, bon dieu, que mon capitaine, l'illustre Labousquette ne m'impose pas cette nuit la corvée de le remplacer auprès d'une conquête...

Lacuite

Qu'est-ce que tu racontes ?...

Pénard

Tu n'ignores pas que Labousquette... c'est le coq du régiment...

Lacuite

Et après...

Pénard

... Il fait la cour à tort et à travers à toutes les femmes et ne pouvant satisfaire toute sa clientèle... il lui arrive de se faire remplacer par bibi... bibi c'est moi... J'ai de la prestance... un physique avantageux...

Lacuite, *buvant.*

Tu parles...

(Entrent les capitaines Labousquette et Vernier venant du fond).

Pénard

Fixe...

(Lacuite avale de travers et s'étrangle de nouveau... Les deux brosseurs prennent la position militaire).

Labousquette

Repos... Tout est prêt ?...

Pénard

Oui, mon capitaine... Voici votre chambre. *Il désigne le 2° plan gauche.*

Vernier

Et la mienne ?

Pénard

Ici. *(montrant le 1° plan gauche.*

Vernier

Alors... allons-nous coucher... Je suis fourbu... Et vous... Labousquette ?...

Labousquette

Moi, je suis frais comme un gardon...

Vernier

Vous en avez une santé...

Labousquette

Plus je me fatigue et mieux je me porte... Je crois décidément que je ne connais pas la limite de mes forces...

Pénard, *à part.*

Blagueur, va !...

Labousquette

Et si ce soir... on ne sait jamais, n'est-ce pas ?... Quelque galante aventure se présentait... hé, hé !!...

Vernier

Sacré Labousquette !...

Lacuite

Sacré Labousquette !...

Labousquette

Dites donc... vous ! *(Lacuite titubant se confond en excuses).*

(Entre de droite Prudence Jacquinel en toilette légère... pomponnée... frisée... rajeunie de dix ans en dix minutes).

SCÈNE VI

Les mêmes. Prudence

Prudence

(à part) J'ai fait un brin de toilette. *(haut)* Messieurs... je vous salue...

Vernier

Mes hommages... Madame.

Prudence, *rectifiant.*

Mademoiselle...

Labousquette, *très galant.*

Mademoiselle, j'allais le dire...

Prudence

Mademoiselle Prudence Jacquinel... la maîtresse de l'Hôtel du Bœuf couronné.

(Les officiers s'inclinent.)

Lacuite, *ne comprenant pas, bas à Pénard.*

Dis donc, Pénard, la maîtresse d'un bœuf couronné... Qui ça peut-il être !

Pénard, *même jeu.*

Tais toi donc... *(Pendant toute la scène les deux brosseurs, au fond droite, se gavent de biscuits, de fruits, etc).*

Prudence

Vous devez être bien fatigués, messieurs...

LABOUSQUETTE

Pas le moins du monde... c'est ce que je disais encore à mon camarade, tout à l'heure...

VERNIER

Moi, j'avoue que je me confierais avec un certain plaisir, aux bras de Morphée...

LABOUSQUETTE, *à Prudence.*

J'aimerais mieux ceux d'une jolie femme...

PRUDENCE, *coquette*

Capitaine !! (*à part*) Il est délicieux...

LABOUSQUETTE

Que voulez-vous ! je suis comme cela... Je me suis dépeint jadis dans quelques vers... qu'on mettra sur ma tombe...

Il fut un solide officier...
Jarrets de fer... jambes d'acier...
Aimant à caresser les belles...
Il fut très vigoureux en tout...
Et s'il en trouva de rebelles...
C'est qu'elles eurent mauvais goût...

PRUDENCE

Bravo... bravo... Ils sont charmants... ces vers...

VERNIER

Il y a mieux...

PÉNARD, *à Lacuite.*

Mais, c'est plus cher.

VERNIER

Ils sont surtout modestes...

PRUDENCE

Moi, j'aime les poètes, mais j'aime surtout les officiers... Dans l'officier... c'est moins l'homme que j'admire que le galonné que je chéris... ainsi... les simples soldats me sont odieux...

PÉNARD, *à part.*

Odieux ! sacrée guenon, va !...

LACUITE

Elle me dégoute la vieille, je vais faire un tour à la cuisine pour dénicher une bouteille...

(*Il sort à l'anglaise au fond*).

PRUDENCE, *très pudique.*

Mais je bavarde... je bavarde... vos chambres sont prêtes... vous n'avez plus besoin de rien...

LABOUSQUETTE

Ah ! j'oubliais...

PRUDENCE

Quoi donc !...

LABOUSQUETTE

J'ai l'habitude de prendre un bain tous les matins... avez-vous une baignoire ?

PRUDENCE

Parfaitement, capitaine...

LABOUSQUETTE

Tout le confort madame dans cet hôtel... c'est merveilleux !..

PRUDENCE

Si vous voulez. je vais vous montrer moimême où se trouve la salle de bains... Vous pourrez vous y rendre... sans réveiller personne des patron minette....

LABOUSQUETTE

Volontiers !!..

PRUDENCE

Si vous voulez me suivre... capitaine...

(*Elle sort*).

LABOUSQUETTE

Trop aimable... (*à part.*) L'ai-je assez empaumée. tout de même...

Il sort en reprenant ses vers.

SCÈNE VII

Vernier, Pénard

VERNIER, *riant*

Quel type ce Labousquette.

PÉNARD

Ah ! oui quel type !

VERNIER

Je ne te demande pas ton avis.

(*Il enlève son dolman.*)

Allons, va te coucher, Pénard,...

PÉNARD.

Je ne demanderais pas mieux,... seulement...

VERNIER

Seulement, quoi ?

PÉNARD

Seulement, je n'ai pas de lit...

VERNIER, *continuant à se déshabiller*

Ça c'est une raison...

PÉNARD

Si vous vouliez, mon capitaine, nous pourrions, Lacuite qui est un bon fieu et moi... réquisitionner un matelas que nous installerionsdans cette pièce...

VERNIER

Je n'y vois aucun inconvénient... va...

PÉNARD

Merci mon capitaine...

(Il sort au fond.)

VERNIER

Ah ! que je serais content de dormir ! Pourvu qu'il n'y ait pas d'alerte cette nuit... ça ne serait pas à faire. Ah non !... ça ne serait pas à faire...

(Il prend un bougeoir sur le guéridon et allume la bougie...)

(Entre Estelle venant du fond.)

SCÈNE VIII

Vernier, Estelle

ESTELLE, *à part*

Où ai-je donc laissé ma tapisserie ?... (*l'apercevant sur le guéridon.*) Ah ! la voici...

VERNIER

Et maintenant au dodo...

ESTELLE, *à part*

Un officier...

VERNIER

(Remettant précipitamment une chaussure sans avoir le temps de remettre l'autre.)

Oh ! une femme !... et jolie ma foi !..

ESTELLE

Je vous dérange, Monsieur... (*reconnaissant Vernier*) Vous, c'est bien vous ?...

VERNIER

Estelle...

ESTELLE

Hector !...

VERNIER

Ah, par exemple si je m'attendais... (*à part*) Je voudrais bien me chausser... tout à fait...

ESTELLE

Je savais que vous alliez venir... Quelque chose me le faisait pressentir...

VERNIER

Alors c'est depuis la mort de votre mari que vous tenez cet hôtel...

(Jeu de scène avec son soulier et le bougeoir à la main.)

ESTELLE

Non... c'est ma tante... Mademoiselle Jacquinel... chez qui je viens passer mes vacances...

VERNIR

Ah... très bien... que je suis heureux de vous voir...

ESTELLE

Moi aussi...

VERNIER

Vous rappelez-vous lorsque j'étais lieutenant au 36e de ligne à Caen... vous teniez un magasin de nouveautés...

ESTELLE

Rue Saint-Pierre...

VERNIER

Rue saint-Pierre, c'est effrayant ce que je vous ai acheté de caleçons et de gilets de flanelle... J'en ai pour toute ma vie...

ESTELLE

Nous n'avions que de la marchandise de première qualité.

VERNIER

Et puis vous vous rappelez un soir... dans l'arrière boutique... votre mari était au café... Il faisait de l'orage, vous étiez énervée... et sans votre maudit chien qui s'est mis à aboyer au moment où je vous embrassais...

ESPELLE

Je ne sais pas ce qui serait arrivé.

VERNIER

Moi je le sais.

ESTELLE

Vous allez me faire rougir !..

VERNIER

Ce qu'il y a de curieux... c'est que toute la garnison s'imaginait des choses...

ESTELLE

Il y a tant de mauvaises langues.

ERNIER

La langue a dit Esope est la pire et la meilleure des choses...

ESTELLE

C'est vrai... capitaine... car maintenant vous êtes capitaine.

VERNIER

Oui... un galon de plus et quelques cheveux de moins....

ESTELLE

Ça ne se voit pas.

VERNIER

Et vous, qu'êtes-vous devenue ?

ESTELLE

J'habite toujours Caën... et je m'ennuie... Ah, ce n'est pas gai.... allez, pour une femme, encore jeune.... d'être seule, toujours seule.

VERNIER, *la câlinant*

Ah oui.... mais maintenant vous n'êtes pas seule... nous sommes tous les deux... ensemble.... l'un près de l'autre.... et si vous vouliez...

ESTELLE

Quoi ?

VERNIER

Nous reparlerions du passé....

ESTELLE

Vous n'y songez pas... je couche au numéro 3 entre un voyageur de commerce et un pasteur protestant....

VERNIER

Hein...

ESTELLE

Je veux dire que ma chambre est entre celles....

VERNIER

D'un voyageur protestant et d'un pasteur de commerce... Ah ! je respire....

ESTELLE

Et si ma tante se doutait...

VERNIER

On ne lui dira pas....

ESTELLE

Non, je vous assure... il ne faut plus nous revoir.... (*naïvement*). Je reviendrai vous trouver ici, dans cette pièce, à onze heures....

VERNIER

Ah ! Estelle !!

ESTELLE

Ah ! Hector !! chut, on vient.... (*lui mettant la main sur la bouche.*) Tais-toi..... (*on entend dans la coulisse la voix de Prudence et de Labousquette.*)

SCÈNE IX

Les mêmes, Labousquette, Prudence

LABOUSQUETTE

Epatante votre baignoire.... épatante... Elle a l'air d'un tombeau égyptien....

PRUDENCE

C'est un souvenir de famille (*apercevant sa nièce*) Estelle....

ESTELLE

Oui ma tante.... j'avais oublié ma tapisserie.... alors j'étais venue la chercher....

PRUDENCE

Et ta migraine....

ESTELLE

Ma migraine ?... (*se rappelant*) Ah ! oui.... ça va beaucoup mieux... (*saluant Vernier*) Bonsoir capitaine.

VERNIER

Madame !!

(*Sort Estelle, au fond.*)

LABOUSQUETTE

Pas encore au lit, Vernier ?

VERNIER

J'y allais.... Bonne nuit Labousquette...

LABOUSQUETTE

Dormez bien....

VERNIER, *à Prudence*

Mademoiselle...

PRUDENCE

Capitaine....

VERNIER, *à part*

Elle ne veut plus me revoir, et elle m'a donné le numéro de sa chambre... Ah ! les les femmes !!

(*Il sort à gauche.*)

SCÈNE X

Labousquette, Prudence

PRUDENCE

Séparons-nous....

LABOUSQUETTE

Si vous y tenez.... à tout à l'heure.

PRUDENCE

Capitaine....

LABOUSQUETTE

Je condescendrai à toutes vos fantaisies...
L'obscurité, l'obscurité la plus complète...
enveloppera nos aveux...

PRUDENCE

Ce serait mal...

LABOUSQUETTE

Je vous affirme que je n'allumerai pas de
bougie..., et que je viendrai en uniforme...

PRUDENCE

Enjôleur, va !...

LABOUSQUETTE

Chère petite poule en sucre !...

PRUDENCE

Comme vous allez me mépriser...

LABOUSQUETTE

N'ayez donc pas peur de ça...

Prudence sort à droite.)

SCÈNE XI

**Labousquette, puis Pénard, Lacuite, Victoire
et Léontine.**

LABOUQUETTE

Encore une qui raffole de moi ! mais elle est
décidément trop mûre, aussi vais-je déléguer
Pénard à ma place... Et puis moi, je n'aime
que les bobonnes... Je suis un Trublot militaire...

(*Entrent Pénard et Lacuite suivis de Léontine et de Victoire. Ils portent un matelas, des
draps, des couvertures... etc....*)

PÉNARD

Par ici, la corvée de literie...

LABOUSQUETTE

Qu'est-ce que vous venez fiche ici.... avec
ce fourniment ?...
(*Les bonnes installent et préparent le lit,
1er plan à gauche du souffleur.*)

PÉNARD

Mon capitaine, comme tous les lits étaient
indisponibles, nous allons coucher ici...

LABOUSQUETTE

Tous les quatre ?...

PÉNARD

Oui tous les quatre... non... Lacuite et
moi... ces demoiselles veulent bien nous aider
à installer notre bivouac....

LACUITE

Elles sont très aimables mon capitaine !

PÉNARD

Parle pas, t'es saoul !..

LABOUSQUETTE

Je te crois qu'elles sont aimables.... (*ca-
ressant le menton de Léontine*) celle-là surtout....
(*Pénard regarde son capitaine d'un œil
jaloux.*)

PÉNARD

Ah ! mais ah ! mais ! il la pelote !..

LACUITE

Ah... il n'y a pas de traversin.... Je ne peux
pas dormir sans polochon....

PÉNARD

Ni moi non plus...

VICTOIRE

Venez avec moi... je vais vous en trouver.

LABOUSQUETTE, *à Lacuite et à Pénard*

Allez, mais allez donc....

PÉNARD, *bas à Léontine*

Ne te laisse pas faire la cour par ce vieux
singe surtout...

LÉONTINE, *même jeu*

Sois tranquille... (*haut*) Quand vous re-
viendrez votre lit sera prêt....
(*Elle arrange les draps ; sortent Victoire,
Pénard et Lacuite.*)

SCÈNE XII

Labousquette, Léontine, puis Prudence

LABOUSQUETTE (*au 1 à droite du lit*)

Vous aimez les soldats, vous....

LÉONTINE (*au 2*)

Oui, mais les simples....

LABOUSQUETTE, *la lutinant*

Je ne suis pas double, moi...

LÉONTINE

Les simples soldats... espèce d'engourdi..

LABOUSQUETTE

Engourdi ? ah ! non... Et pourquoi préférez-
vous les simples soldats aux officiers ?...

LÉONTINE

Tiens ! cette bêtise... parce qu'ils sont plus jeunes... Les hommes de quarante-cinq ans comme vous, ça me dégoûte...

LABOUSQUETTE

D'abord, je n'en ai que trente deux...

LÉONTINE

Depuis quand ?...

LABOUSQUETTE

Depuis bientôt 10 ans...... (à part) Qu'est-ce que je dis....

LÉONTINE

Ce n'est pas la peine d'insister... Pénard est mon amoureux... Nous avons découvert que nous étions pays... et il m'a promis le mariage....

LABOUSQUETTE

Déjà.... ça ne traîne pas.... Eh bien ! je vais lui flanquer de l'occupation à Pénard....

LÉONTINE

Vous dites ?...

LABOUSQUETTE

Je me comprends.... (à part). Et puisqu'elle n'aime que les simples soldats.... j'ai mon truc...... (haut) Bobonne de mon cœur....

LÉONTINE, se sauvant

Quel vieil enflammé !!

LABOUSQUETTE (la poursuivant)

Il faut que je t'embrasse....

LÉONTINE

N'approchez pas... ou je cogne........

LABOUSQUETTE, (de même)

Tu oserais ?...

LÉONTINE

Non ! c'est le peintre....

LABOUSQUETTE

Nous allons bien voir. (il rejoint Léontine qui lui flanque une gifle....) Au bruit de cette gifle... Prudence sort de sa chambre en toilette de nuit....

PRUDENCE

Qu'ai-je entendu !...

LABOUSQUETTE, tâtant sa joue.

Ce n'est rien, c'est moi qui lui ai demandé de me gifler... quand j'ai le foie congestionné... Je me fais flanquer une gifle, ça active la circulation du sang.

LÉONTINE, sortant au fond.

SCÈNE XIII

Labousquette, Prudence, puis Pénard

PRUDENCE

Ça va mieux ?...

LABOUSQUETTE

Quoi donc ?...

PRUDENCE

Le foie ?

LABOUSQUETTE

Oui ! oui !... beaucoup mieux, merci !...

PRUDENCE

Je ne sais pas ce que j'ai, je ne peux pas dormir...

LABOUSQUETTE

Ah... ah !...

PRUDENCE, d'un ton mystérieux.

J'ai éteint ma bougie...

(Entre Pénard, une bouteille sous un bras et un traversin sous l'autre).

PÉNARD.

Oh ! la patronne...

PRUDENCE, regagne sa chambre

J'ai éteint ma bougie.

(Elle sort à droite).

LABOUSQUETTE à Pénard

Ah ! mon gaillard, je t'y pince... tu dévalises les caves.... Je te colle huit jours de prison.

PÉNARD (au 2)

Ah ! mon capitaine... pour une pauvre petite bouteille.

LABOUSQUETTE (au 1)

A moins que....

PÉNARD.

A moins que ?...

LABOUSQUETTE, désignant Prudence qui vient de sortir.

Tu as vu cette femme ?...

PÉNARD.

La vieille...

LABOUSQUETTE.

Oui...

PÉNARD, *à part*

Bon Dieu ! qu'est-ce qu'il va me lui faire faire...

LABOUSQUETTE, *avec un geste romantique*

Or, Pénard... je t'ordonne, impérativement
De plaire à cette femme et d'être son amant.

PÉNARD

Ah ! zut !!

LABOUSQUETTE.

Et n'essaie pas de rejoindre Léontine... Tu
resteras dans cette chambre... (*il désigne la
chambre de Prudence*), jusqu'au réveil, c'est
compris...

PÉNARD

Ça n'est pas dans le service en campagne,
ça mon capitaine...

LABOUSQUETTE.

Non !... c'est un service... personnel...

PÉNARD

Ah zut !!...

LABOUSQUETTE.

Viens dans ma chambre... et tu y revêtiras
mon uniforme...

PÉNARD

Pourtant...

LABOUSQUETTE

Pas de rouspétance....

(*il fait entrer Pénard 2e plan à gauche.*)

Il y en a dans le régiment qui seraient heureux d'être à ta place... En voilà un clampin...
(*à part*) Et quant à moi... grâce à l'uniforme
de Pénard que j'endosserai, redevenu simple
soldat, je ferai la conquête de Léontine... Et
allez donc...

(*il sort à gauche derrière Pénard*).

SCÈNE XIV

Le Général, Victoire

LE GÉNÉRAL, *à Victoire (ils viennent du fond.*
Alors, vraiment, pas de lit dans cet hôtel ?

VICTOIRE

Puisque je vous dis que tous les lits sont
occupés, monsieur...

LE GÉNÉRAL *au 1.*

Appelle-moi, mon général... mon enfant,
d'abord parce que c'est la vérité... et puis
parce que ça me fait plaisir... (*trébuchant sur
le matelas*). Qu'est-ce que c'est que ça ?...

VICTOIRE, *au 2*

Ça, c'est un matelas...

LE GÉNÉRAL

Avec tout ce qu'il faut pour dormir... Je le
retiens... ce matelas. (*Il pose sa valise au fond
à gauche*).

VICTOIRE

Mais, c'est pour un soldat...

LE GÉNÉRAL

Prête lui ta couche à ce soldat... il ne de-
mandera pas mieux...

VICTOIRE, *riant bêtement*

Ah ! Ah ! Je voudrais peut-être bien... seulement il s'est endormi dans la cave...

LE GÉNÉRAL

Raison de plus pour que ce matelas soit
libre...

VICTOIRE

Mais monsieur le général ; ils étaient deux
soldats...

LE GÉNÉRAL

Je ne comprends pas bien...

VICTOIRE

Parce que vous n'êtes pas arrivé au com-
mencement...

LE GÉNÉRAL

Enfin, ce matelas est vacant... et je me l'ap-
proprie... c'est bien simple... Tiens... voilà
dix francs...

VICTOIRE, *empochant les dix francs*

Dix francs. Ah ! vous m'en direz tant,
M. le général... (*lui faisant des avances*). C'est
bien tout ce qu'il vous faut...

LE GÉNÉRAL

Hein... oui... oui... oui...

VICTOIRE (*insistant*)

Faudrait pas vous gêner vous savez.

LE GÉNÉRAL, *frétillant*

(*à part*) C'est drôle... elle me trouble... (*à
Victoire*) Comment t'appelles-tu ?...

VICTOIRE

Victoire...

LE GÉNÉRAL

Excellent nom... Victoire... Bien militaire ce nom-là...

VICTOIRE, *toujours enjôleuse*

Alors, bien vrai, vous n'avez besoin de rien... (*Elle se frôle à lui*).

LE GÉNÉRAL, *passant au 2*

Non... ou plutôt... si... (*à part*) Voyons, voyons... Ce serait du propre... le général Moreau Chandevin se commettre avec une chambrière... ! (*haut*) Bonsoir, ma fille... bonsoir...

VICTOIRE *au 1*

Tant pis... (*à part*) Je vais tâcher de réveiller Lacuite...

(*Elle sort au fond*).

SCÈNE XV

Le Général, puis Pénard.

LE GÉNÉRAL

Deux minutes de plus... et j'étais flambé... Je regrette presque qu'elle ne soit pas restée... Enfin !! J'ai toutes les guignes aujourd'hui... Je suis myope... et je perds mon lorgnon... Il avait glissé dans une doublure... Le voici... seulement, comme j'ai consulté ma carte d'état major à l'envers, je me suis égaré... Je devais coucher cette nuit à Vauxhelles-sur-Iton, on m'y attendait... on doit m'y attendre encore... et je vais coucher à Magny-sur-Loire... A la guerre comme à la guerre... Avant de dormir... si je repassais un peu le thème de la manœuvre de demain...

(*Il étale une carte d'état-major sur la table où il s'asseoit à droite puis il étudie sa carte en se penchant tellement qu'il la touche du front*).

Voyons... le parti A occupe le point U... le point U... c'est drôle... ça le point U... qu'est-ce que Napoléon aurait fait dans la circonstance ?... C'est toujours ce que je me demande quand je prépare des opérations... seulement jamais je ne me réponds...

(*Entre Pénard, en capitaine, sortant de la chambre de Labousquette*).

PÉNARD, *se croyant seul*

En capitaine..., moi... Pénard... me voilà de corvée. Et quelle corvée !! oui, j'irai... j'obéirai à la consigne... j'exécuterai l'ordre, mais mon vieux Labousquette, tu n'auras pas à te féliciter de ton remplaçant. Ah, non !... Peau de balle et balai de crin !...

LE GÉNÉRAL, *levant la tête*

Tiens, un capitaine...

PÉNARD (*au 1*)

Sapristi... un général.

(*Il prend la position militaire du simple soldat*)

LE GÉNÉRAL (*se levant et venant en scène*)

Pas fâché de vous rencontrer, capitaine...

PÉNARD

Ni moi non plus, mon général ; c'est réciproque... (*à part*) Qu'est-ce qui va se passer ?

LE GÉNÉRAL

Comment vous appelez-vous, capitaine ?

PÉNARD

(*à part*) Je ne peux pourtant pas lui dire que je m'appelle Labousquette.

LE GÉNÉRAL

Eh bien ! j'attends...

PÉNARD

Ah ! oui !... je m'appelle le capitaine Vernier, mon général.

LE GÉNÉRAL

Vernier... Vernier... il n'est pas de ma brigade... connais pas...

PÉNARD

Oui, mais moi... je le connais...

LE GÉNÉRAL

Je pense bien... puisque c'est vous...

PÉNARD

Tiens, c'est vrai... (*il rit bêtement*).

LE GÉNÉRAL, (*allant à la table au 2*)

Eh bien ! capitaine Vernier... vous allez pouvoir m'aider un peu... asseyez-vous donc... mon cher camarade... (*il lui désigne le fauteuil du 1*).

PÉNARD (*à part*)

Son cher camarade ! Il n'est pas fier...

LE GÉNÉRAL, *assis*

Vous devez être fort, vous... ?

PÉNARD *de même*

Ça... oui... mon général je mets 10 fusils à bout de bras.

LE GÉNÉRAL

Je veux dire fort en thèmes.

PÉNARD

En thèmes !... Ben... ça dépend...

LE GÉNÉRAL

Certainement vous devez être très calé en Trigonométrie..

PÉNARD

En quoi, mon général ?

LE GÉNÉRAL

En trigonométrie....

PÉNARD, *abruti par ce mot*

En rigolométrie ?... ma foi... oui et non...

LE GÉNÉRAL

Parceque j'aurais bien voulu que vous me calculiez l'altitude du point U... *Le général se penche sur la carte, Pénard l'imite ; leurs têtes se heurtent : le général regarde au plafond ce qui a pu produire ce choc, Pénard fait de même.* Vous voyez ce monticule en forme de chapeau !.. C'est le point U....

PÉNARD, *sans comprendre*

Le chapeau point U...

LE GÉNÉRAL, *sans broncher*

Demain l'ennemi devra l'occuper et y rester...

PÉNARD

Ah ! oui.... O. P. Q. R. S. T. oui mon général..

LE GÉNÉRAL

Enfin il est peut-être un peu tard.... (*changeant de ton*).
D'où sortez-vous, capitaine ?..

PÉNARD

Mon général... je sors de cette chambre.

LE GÉNÉRAL

J'entends bien.... mais je vous demande de quelle école vous sortez ?

PÉNARD

Ah oui.... (*à part*) J'ai bien été à l'école des frères... Mais je ne sais pas s'il faut lui dire.

LE GÉNÉRAL

Vous êtes allé à Saint-Maixent ?..

PÉNARD

Oui, mon général...

LE GÉNÉRAL

Je me disais aussi... Voilà un officier qui n'a pas dû aller à St-Cyr... ça se voit tout de suite....

PÉNARD

Pardon mon général... j'ai été à St-Cyr...

LE GÉNÉRAL

Comment à St-Maixent et à St-Cyr?...

PÉNARD

Oui, mon général...

LE GÉNÉRAL

Ça, c'est extraordinaire... par exemple!...

PÉNARD

Je vais vous dire... mon général... J'ai une sœur qui est mariée avec un plombier à St-Cyr... et j'ai un cousin germain qui est charcutier à St-Maixent... alors je suis allé les voir.... à St-Cyr et à St-Maixent....

LE GÉNÉRAL, *à part*

Quel drôle d'officier ! (*haut*) Vous devez bien avoir au moins une campagne à votre actif...

PÉNARD

Oh ! une toute petite mon général... presque rien...

LE GÉNÉRAL

Et où l'avez-vous eu cette campagne ?

PÉNARD

Au Vésinet... mon général.

LE GÉNÉRAL

Au Vésinet...

PÉNARD

Elle me vient de ma mère...

LE GÉNÉRAL, *à part*

Il est un peu maboul... (*haut*) Enfin vous sortez du rang...

PÉNARD

Tout à fait... oui... mon général...

LE GÉNÉRAL

Je commence à comprendre que la trigonométrie ne doit pas vous être familière. .

PÉNARD, *à part*

Il se paie ma tête avec sa *rigolométrie*.

LE GÉNÉRAL

Dites-moi capitaine... comment supportez-vous les manœuvres ?...

PÉNARD

Tout à la douce, mon général... J'ai quelques ampoules au pied gauche (*Il met son pied gauche sur la table, le général se penche pour regarder*) mais ça n'est rien... Le soir on se suiffe les pieds...

LE GÉNÉRAL

Des ampoules au pied... Je croyais que mes officiers se blessaient généralement dans une partie plus... postérieure...

PÉNARD, *riant, bêtement*

Je comprends...

LE GÉNÉRAL

Vous êtes bien monté ?

PÉNARD

Si je suis... bien monté !...

LE GÉNÉRAL

Oui vous avez un bon cheval ?

PÉNARD

Ah ! si je suis bien monté ? Oui mon général... assez bien... Entre les deux.

LE GÉNÉRAL, *à part*

Décidément ce capitaine a dû se rafraîchir *(se levant) (haut)* Allons, je ne vous retiens pas... vous sortiez je crois ?...

PÉNARD, *se lève*

Oui, mon général...

LE GÉNÉRAL *passant au 1*

Et serait-il indiscret de vous demander où vous alliez...

PÉNARD, *au 2ᵉ*

Dame !! mon général...

LE GÉNÉRAL

Je devine... Capitaine... le général Moreau-Chandevin devine tout... Vous alliez à un rendez-vous d'amour...

PÉNARD

Avec votre permission mon général.

LE GÉNÉRAL

Je ne vous donne aucune permission... mais, je ferme les yeux... tout au plus... L'amour, c'est de votre âge... Rompez.

PÉNARD, *tendant la main au général*

Au revoir, mon général.

LE GÉNÉRAL *se laisse serrer la main*

Au revoir... *(à part)* Totalement idiot.

PÉNARD

Eh bien ! je ne m'en suis pas trop mal tiré ?...

(Pénard va frapper à la porte de Prudence).

(Voix de Prudence dans la coulisse).

C'est vous... capitaine... ?

PÉNARD

Oui... c'est moi... *(à part)* Peau de balle et balai de crin... *(Prudence ouvre la porte).*

(Pénard sort à droite).

SCÈNE XVI

Le Général puis Labousquette

LE GÉNÉRAL

Si jamais celui-là devient colonel, il aura de rudes protections... Cet animal là... m'a fait perdre le fil de mon travail... Voyons... nous disons... le chapeau point U... qu'est-ce que je dis... c'est cet imbécile de capitaine... Et puis zut ! j'ai sommeil... Je me couche... Napoléon ne m'a pas encore répondu...

(il commence à se déshabiller)

J'ai laissé le parti A au point U... Je le retrouverai demain matin au même point... Il n'aura pas bougé... quel singulier hôtel ! On ne s'occupe pas plus du général Moreau Chandevin que s'il n'existait pas...

(Il s'est assis fauteuil) et veut retirer ses bottines, sans y parvenir).

(Entre Labousquette en simple soldat venant du 2ᵉ plan gauche).

LABOUSQUETTE, *sans voir le général*

Maintenant que je suis en simple soldat... je cours à la recherche de Léontine.

LE GÉNÉRAL, *l'apercevant*

Un fantassin...

LABOUSQUETTE, *au 1*

Un général !!

LE GÉNÉRAL

Où allez-vous... troupier ?...

LABOUSQUETTE

Mon général, j'allais... j'allais prendre l'air...

LE GÉNÉRAL

Encore un gaillard qui doit avoir un rendez-vous... Quels lapins dans ce régiment, et dans quelle maison suis-je donc tombé !...

LABOUSQUETTE

Je vous assure, mon général.

LE GÉNÉRAL

D'abord comment se fait-il que vous couchiez dans un hôtel, quand vos camarades couchent sur la paille, dans des granges ?...

LABOUSQUETTE

Je vais vous dire mon général...

LE GÉNÉRAL, *dont le ton s'élève peu à peu*

Me dire quoi ? Vous êtes encore un fameux tire-au-flanc, vous mon lascar...

LABOUSQUETTE

Mon général... Je suis brosseur d'un capitaine...

LE GÉNÉRAL

Du capitaine qui vient de sortir de cette chambre ?...

LABOUSQUETTE

Oui, mon général...

LE GÉNÉRAL

Au fait, qu'est-ce c'est donc que ce capitaine là ?...

LABOUSQUETTE

(à part) Oh, ça se corse.., *(haut)* C'est un officier remarquable, mon général.

LE GÉNÉRAL

Remarquable en effet...

LABOUSQUETTE

Brillant avenir.. Notes excellentes... Tenue irréprochable...

LE GÉNÉRAL

C'est une andouille !! Enfin vous êtes habituellement brosseur d'un capitaine, eh bien... vous serez accidentellement brosseur d'un général... Tirez-moi mes bottes et mon pantalon.

LABOUSQUETTE

Vous voulez que ?...

LE GÉNÉRAL

Tirez-moi mes bottes... vous ne comprenez donc pas le français...

LABOUSQUETTE

Si mon général... *(il tire les bottes du général)*

LE GÉNÉRAL

Pas si fort... voyons, pas si fort... bougre d'imbécile (*Labousquette se flanque par terre*).

LABOUSQUETTE *à part*

Quel métier !!

LE GÉNÉRAL, *se déshabillant*

Vous me les cirerez pour demain matin. Et que ça reluise, hein ?...

LABOUSQUETTE

Oui, mon général...

LE GÉNÉRAL

J'ai un nécessaire de toilette dans ma cantine, vous pourriez dès ce soir donner un coup de brosse à mon uniforme. Il y avait une poussière du diable...

LABOUSQUETTE, *qui a pris la brosse*

Oui, mon général... *(il brosse les vêtements avec rage)*.

Pas si fort abruti... vous allez les user... *(changeant de ton)* Quel âge avez-vous donc ordonnance ?...

LABOUSQUETTE

Trente-deux ou trente six ans, mon général.

LE GÉNÉRAL

Vous n'êtes pas bien sûr...

LABOUSQUETTE

Non... si... mon général...

LE GÉNÉRAL

Vous m'avez l'air d'en avoir encore une rude couche vous !...

LABOUSQUETTE

Mon général...

LE GÉNÉRAL

Vous serez donc soldat jusqu'à cinquante ans...

LABOUSQUETTE

Vous l'êtes bien, vous.

LE GÉNÉRAL

Hein !... Mais moi je suis général... Et vous n'avez pas encore les galons de caporal vous !...

LABOUSQUETTE, *regardant ses manches*

C'est vrai...

LE GÉNÉRAL *se couchant,*

C'est la première fois que je constate un cas aussi extraordinaire. Ah! vous n'avez pas l'avancement rapide... Là c'est bien... remettez mes effets sur cette chaise (*il désigne la chaise à gauche du matelas*) soufflez la lampe et allez à votre rendez-vous d'amour, puisque vous ne savez faire que cela...

LABOUSQUETTE, *soufflant la lampe (obscurité)*

C'est déjà quelque chose... Tout le monde ne pourrait pas en dire autant... *(il se sauve par le fond)*.

LE GÉNÉRAL, *sursautant*

Cet imbécile là se permet des réflexions... *(apostrophant)* Tu oublies à qui tu parles, entends-tu... espèce d'abruti... Je t'apprendrai le respect moi,.. *(changeant de ton)*. Ce n'est pas la peine de me fatiguer, il est parti... *(il met un bonnet de coton)* Tâchons de dormir, ça me calmera... C'est épatant... cette Victoire... me trotte dans la cervelle... Je suis agité... les voilà bien les trépidations...

(*Un vague clair de lune éclaire la scène*).

SCÈNE XVII

Le Général couché. **Le capitaine Vernier** puis **Estelle.**

VERNIER, *sortant de sa chambre à gauche*
Onze heures... c'est ici qu'elle va venir.

ESTELLE, *venant du fond*
Comme j'ai été imprudente de lui donner rendez-vous...

VERNIER, *à part*
Les brosseurs sont couchés... Ils dorment... Tout va bien...

VERNIER, *marchant à tâtons*
Je suis sûr qu'elle viendra... Oh ! du bruit...

ESTELLE, *à voix basse*
C'est vous, capitaine Vernier ?

LE GÉNÉRAL, *dressant l'oreille et à part*
Tiens, le capitaine de tout à l'heure...

VERNIER
Oui !... c'est vous, Estelle ?... (*la rejoignant*) ma chère Estelle... je suis heureux de vous voir...

ESTELLE
Vous ne me voyez pas !... il fait nuit...

VERNIER
Non je ne vous vois pas... mais je constate votre présence près de moi, tout près de moi... et cela me suffit... asseyez-vous...
(*Elle s'assied, à gauche de la table. Vernier reste debout à la gauche du fauteuil d'Estelle*).

LE GÉNÉRAL, *à part*
C'est épatant. Il a l'air de m'oublier complètement, le capitaine Vernier... Il devrait pourtant se rappeler qu'il y a un général dans ce salon...

ESTELLE
On a parlé... vous n'avez pas entendu parler.

VERNIER, (*s'agenouillant*)
Non !!... je n'entends rien, je ne vois rien... Je m'anéantis délicieusement dans le parfum de vos cheveux... Je me grise de votre chair...

LE GÉNÉRAL
En voilà un qui s'y entend en boniments.

VERNIER
Je touche à cette minute d'éternité dans laquelle l'homme quitte la terre et monte au ciel...

LE GÉNÉRAL, *à part*
Je suis renversé... Cet abruti de capitaine parle comme Bellac dans *Le monde où l'on s'ennuie*...

ESTELLE, *se levant brusquement*
Je vous assure qu'on a parlé. Il y a quelqu'un près de nous.

VERNIER
Je vous assure que nous sommes seuls... sauf les brosseurs qui dorment...

LE GÉNÉRAL, *à part*
Ce capitaine n'a aucune mémoire.

ESTELLE
Ah ! cette fois... vous avez entendu... Je me sauve... Je ne veux pas rester ici... (*Elle se sauve par le fond*.)

VERNIER, *la suivant*
Estelle, ma petite Estelle. Ça m'est égal allons ailleurs, ma petite Estelle... (*il la poursuit au fond*).

SCÈNE XXIII

Le Général, puis Léontine

LE GÉNÉRAL, *sursautant et criant*
Mais non, pas ailleurs, ici... (*calme*,) je commençais à m'amuser énormément, moi. Je ne vais plus pouvoir dormir... à mon âge... ces énervements-là sont désastreux... Ça y est... je tiens ma bonne petite insomnie... Et puis ce matelas est d'un dur. Je suis couché sur un sac de noix...

Entre Léontine

LÉONTINE
Pénard a dû s'endormir. Il est fatigué de sa journée de manœuvres, le pauvre chéri... je vais le réveiller. (*appelant*). Coco...

LE GÉNÉRAL, *à part*
Coco ? encore une femme, mais il en pleut des femmes dans cet hôtel... Faisons semblant de ronfler... (*Il ronfle*).

LÉONTINE
Coco !... (*à part*) comme il ronfle... (*Elle embrasse le général*).

LE GÉNÉRAL
Hein ! qu'y a-t-il ?

LÉONTINE
C'est moi... je te dérange...

LE GÉNÉRAL, *à part*
Elle est familière (*haut*). Pas du tout... tu ne me déranges pas...

LÉONTINE

Dis donc... tu sais... tout le monde dort dans l'hôtel...

LE GÉNÉRAL

Excepté moi, moi je ne peux pas fermer l'œil... Et ça se comprend...

LÉONTINE

Blagueur, tu ronflais...

LE GÉNÉRAL

C'était pour rire...

LÉONTINE

J'aime les soldats, moi même quand ils ronflent...

LE GÉNÉRAL

Alors, avec moi tu seras bien servi, je suis général.

LÉONTINE

Hein, général... Tu n'es donc pas Pénard?...

LE GÉNÉRAL

Qui ça Pénard?...

LÉONTINE

Le brosseur ?

LE GÉNÉRAL

Le brosseur, il est avec une femme...

LÉONTINE, *furieuse*

Avec une femme ! oh ! le misérable... Il m'avait promis le mariage, mais je me vengerai... Je le tromperai...

LE GÉNÉRAL

C'est cela, avec moi !

LÉONTINE, *même jeu*

Vous ou un autre, ça m'est égal... mais je le tromperai... Je remonte dans ma chambre... (*Elle sort*).

LE GÉNÉRAL, *sortant de son lit*

Mademoiselle... mademoiselle, écoutez-moi donc !... Zut ! je vais perdre sa trace... Tant pis, puisque tout le monde dort dans l'hôtel... En voilà une nuit de manœuvres !! (*Il sort en caleçon en poursuivant Léontine et bouscule Lacuite qui entre au fond*).

SCÈNE XIX

Lacuite, très pochard, puis Labousquette.

LACUITE

Fais donc attention, espèce de tourte... (*Lacuite est tombé. Il se déshabille...*) Je ne sais pas du tout ce que j'ai fait cette nuit... j'ai un sommeil de plomb... les jambes en coton, les bras en compote et la bouche de bois... Je vais me coucher, je vais me coucher avec Pénard... (*Il tâte le lit*). Pénard ? mon petit Pénard... oh ! comme il a maigri. Personne ! tant mieux... (*Il place ses effets sur le fauteuil à gauche de la table. Les effets du Général sont toujours sur la chaise à gauche du matelas. Ce que je vais bien dormir... (il se couche,) tiens ! c'est tiède on dirait que le lit est bassiné... J'étais un peu enrhumé... ça va me guérir. (Il s'endort.*)

LABOUSQUETTE

J'ai passé une partie de ma nuit à chercher Léontine la bobonne... je viens seulement de la croiser dans un escalier... Je l'ai convaincue que son amoureux la trompait avec Prudence et mon costume de simple soldat à produit son effet. Elle a promis de venir me rejoindre tout à l'heure dans ma chambre...

On entend les ronflements de Lacuite.

LABOUSQUETTE

Le général dort. Tout va bien... J'ai été obligé de quitter la bobonne, parce qu'un vieux en caleçon à passé près de nous comme une trombe... Il avait dû manger du melon... Allons attendre ma petite poulette... (*Il sort à gauche 2e plan*).

SCÈNE XX

Lacuite, couché puis Pénard

PÉNARD, *venant de droite, il est en caleçon.*

Elle a voulu absolument que je me déshabille... ça ne m'a pas empêché de rester de glace... elle s'est endormie en pleurant... et je l'ai plaquée pour venir retrouver Léontine... (*Il palpe le lit...*) Elle est là... ma chère petite... (*Il se penche*). Ah ! elle sent l'eau de vie de marc... (*il lui caresse la figure*). Comme sa figure est rugueuse...

LACUITE, *à moitié réveillé.*

Fous moi la paix...

PÉNARD

Ah ! quelle drôle de voix... (*Il se couche.*)

LACUITE, *tout à fait réveillé*

Qui qu'est-là !... Lacuite ne veut pas qu'on l'embête entends-tu ?...

PÉNARD

Comment, c'est toi... tu es saoul comme une bourrique... allons, oust !... va cuver ton alcool ailleurs...

(*Il se battent comiquement. Pénard prend possession du lit*)! et plus vite que ça...

LACUITE, *se rhabillant avec les effets du Général*

Ah ! tu veux que je m'en aille ? Eh ! bien, je m'en vais ; mais, tu sais, c'est mal Pénard... c'est mal... moi qu'étais pour toi un frère...

PÉNARD

Et ta sœur !...

LACUITE

V'la qu't'insultes ma sœur ? Ben mon cochon, tu me l'paieras !... Ah oui, tu me le paieras !...

PÉNARD

Que c'est bête un homme saoul !...

LACUITE, *pleurant tout en se rhabillant*

Toi que j'aimais... toi que j'appelais mon frère...

PÉNARD

Ah ! la barbe ! tu l'as déjà dit...

LACUITE

C'est toi qui me chasses de notre couche commune... Ah ! c'est mal ce que tu as fait là... Pénard... c'est bien mal... (*sur le bas de la porte du fond et revenant*). Pénard ! t'es un salaud... (*Il pleure. Sort Lacuite habillé en Général*).

SCÈNE XXI

Pénard, couché puis Labousquette puis Prudence

PÉNARD

Maintenant je vais roupiller.. en attendant Léontine...

Labousquette en caleçon sort de sa chambre à gauche.

LABOUSQUETTE

Je n'y comprends rien, personne ne vient.

PÉNARD

Ah ! la voix de Labouquette... *Pénard fait semblant de dormir et se fourre la tête sous sa couverture...!*

LABOUSQUETTE

Le général ronfle toujours.
à ce moment Prudence sort de sa chambre à droite, en toilette de nuit.

LABOUSQUETTE, *l'apercevant vaguement*

Du bruit ! ah ! la bobonne sans doute...

PRUDENCE, *à part*

Le misérable... Il m'a déshonorée, sans profit... Un homme en caleçon... c'est lui.

LABOUSQUETTE, *à part*

Une femme en chemise... c'est elle... (*à voix presque basse*). C'est vous ?

PRUDENCE, *s'avançant*

Oui, c'est moi !...

LABOUSQUETTE, *l'entraînant dans sa chambre à gauche*

Que vous êtes gentille de venir dans ma chambre.

PRUDENCE, *résistant faiblement*

Oh ! le méchant ! Je ne devrais plus vous écouter... *à part* Enfin, s'il aime mieux que ça se passe dans sa chambre !...

LABOUSQUETTE

Je t'adore...

PRUDENCE

Moi aussi !...
Ils disparaissent dans la chambre de Labouquette à gauche.

PÉNARD, *qui couché a suivi la scène*

Ah bien mon colon ! ça m'en bouche un coin... *Entre le Général.* Oh ? encore quelqu'un...

SCÈNE XXII

Pénard, couché, Le Général

LE GÉNÉRAL

Atchoum ! ça y est... je suis pincé...

PÉNARD, *à part*

C'est le général, en liquette...

LE GÉNÉRAL

Elle est savoureuse, cette fille des champs... J'ai fini par la convaincre. seulement... elle tient absolument à me voir sous mon dolman de Général... Je viens chercher mes effets... Ah ! ! les voici... *Il prend les effets de Lacuite sur le fauteuil à gauche de la table.* Atchoum. J'ai certainement pincé un rhume... quelle nuit... non d'une culasse mobile... Il me semble que j'ai vingt deux ans... (*Il sort en emportant les effets de Lacuite... et s'en va au fond, par la gauche.*)

(*Il sort en emportant les effets de Lacuite... et s'en va, au fond, par la gauche*).

SCÈNE XXIII

Pénard, puis Léontine

PÉNARD

Parti ! ! ce n'est pas dommage ! Et Léontine qui ne vient pas... Je n'ai plus sommeil, moi..... et dans une heure il fera jour.... (*La scène s'éclaire peu à peu. Entre Léontine. Elle vient du fond, par la droite*).

LÉONTINE, *furieuse*

J'ai pu plaquer le général et je viens raconter quelque chose à ce brigand de Pénard.... Le sale individu !... me tromper de la sorte avec la patronne !.. (*allant vers la chambre de Prudence.*) Dire qu'ils sont là, tous les deux... dans cette chambre.... c'est le vieux qui me l'a avoué !

PÉNARD, *à part*

Mais c'est la voix de Léontine... (*appelant*). Léontine.

LÉONTINE

Ah !.. cette voix.....

PÉNARD

C'est la voix de Pénard... de ton petit ami Pénard...

LÉONTINE

Vous n'étiez donc pas avec la mère Prudence....

PÉNARD, *sur son séant*

Prudence, la mère de la sûreté ? non, Léontine.... je suis là.... dans mon dodo... et je t'attends....

LÉONTINE

Alors, la patronne !...

PÉNARD

Elle est avec le capitaine Labousquette là... (*il désigne la chambre 2ᵉ plan gauche.*) Tu peux ouvrir la porte de sa chambre... l'oiseau s'est envolé....

LÉONTINE, *allant à la chambre de droite et ouvrant la porte.*

La chambre est vide.....

PÉNARD

Tu peux même constater que le capitaine y à laissé ses habits.

LÉONTINE, *les rapportant*

C'est vrai (*à part*) Qu'est-ce qu'il me racontait donc, le vieux ?.... (*haut*). Alors je t'ai soupçonné à tort.... Ma crotte ? (*Elle met les habits sur la chaise à gauche du matelas*).

PÉNARD

Ah ça ! je t'en réponds.... Je suis innocent comme l'enfant qui vient de naître... Léontine, ne perdons pas de temps... Viens faire dodo...

LÉONTINE, *enlevant son corsage*

Ah ! non !

PÉNARD, *violemment autoritaire*

Léontine, dépêche-toi, ou sinon...

LÉONTINE, *continuant à se déshabiller*

Oh ! comme tu sais parler aux femmes...

PÉNARD

Léontine.... pas gymnastique...

LÉONTINE

Voilà... voilà... Es-tu pressé....

(*Elle se glisse dans le lit, lorsque retentit la générale.*)

PÉNARD, *se levant.*

Hein ! bon Dieu.... la générale !..

LÉONTINE

Qu'est-ce que c'est que cela ?...

PÉNARD

C'est une alerte de nuit, tout simplement Tout le monde debout... là-dedans.... tout le monde debout.....

(*Dans sa précipitation Pénard endosse les habits du capitaine Labousquette.*)

LÉONTINE

Il devient fou !!....

(*Entre précipitamment le capitaine Vernier venant du fond. Le jour est tout à fait venu.) Toute cette fin d'acte doit être rapidement menée....*

SCÈNE XXIV

Les mêmes, Le Capitaine Vernier...

VERNIER

Lacuite !.. où est Lacuite ?.. (*il secoue Léontine couchée dans le lit.*) Ah ! te voilà... Ah ! une femme ! Mon sabre, mon ceinturon.. Ah ! dans ma chambre (*Il rentre 1ᵉʳ plan à gauche*).

PÉNARD

Quel fourbi de métier....

LÉONTINE, *sortant de son lit*

Je vais me rhabiller !...

(*Entre du fond le général en simple soldat.*)

SCÈNE XXV

Pénard, Léontine, puis le Général, puis Vernier, puis Lacuite

LE GÉNÉRAL

Je ne serai pas le dernier prêt....

PÉNARD

Bon Dieu, le général en simple soldat !..

(Il s'écarte.)

VERNIER, rentrant vivement, venant de gauche, 1er plan

Où est donc ce sacré Lacuite ?... (au général.) Tu n'as pas vu Lacuite, toi...

LE GÉNÉRAL, à part.

Il me tutoie (haut) Vous ne savez pas à qui vous parlez capitaine !

VERNIER

A une huitre....

LE GÉNÉRAL, furibond.

Capitaine.....

VERNIER

Fous-moi la paix je suis pressé... Lacuite, où es-tu donc Lacuite ?

(Entre Lacuite, apparaissant au fond, dans le costume du Général.)

LACUITE, très saoul

Lacuite.... présent.....

VERNIER

Lacuite ! En général.

(Pénard se tord.)

LE GÉNÉRAL.

Un collègue !..

VERNIER

Comment un collègue !....

LE GÉNÉRAL, s'apercevant qu'il est en simple soldat !

Nom d'une bombe ! Je suis simple soldat...

VERNIER

Alors, vous êtes....

LE GÉNÉRAL

Le général Moreau Chandevin...

VERNIER

J'ai insulté un général, je n'ai plus qu'à me suicider.

(Entre Estelle sur cette dernière réplique.)

SCÈNE XXVI

Les mêmos. Estelle, puis Labousquette et Prudence

ESTELLE, tombant dans ses bras

Te suicider (se jetant aux pieds de Lacuite.) Ah ! grâce... grâce. général.

LACUITE, très digne.

Ah, ça qu'est-ce qui se paye ma tête ici... (se voyant en général.) Ah ! j'suis général.... ben j'en ai eu de l'avancement en une nuit....

VERNIER, à Estelle désignant le Général.

Ce n'est pas celui-là.... c'est l'autre...

ESTELLE

Quel autre ?...

VERNIER

Ah ! je ne sais plus, moi... Je démissionne... tiens... et je t'épouse, Estelle....

LE GÉNÉRAL, à Vernier.

Estelle ? alors, c'est vous Vernier...

VERNIER

Oui, mon Général...

LE GÉNÉRAL

Ai pas la berlue... avez changé de tête !...

VERNIER

Moi !...

LE GÉNÉRAL, (haut voyant Pénard)

Mais.... non, le voilà, Vernier !..

PÉNARD

Moi, mon général ! Je suis Pénard brosseur du capitaine Labousquette.

LE GÉNÉRAL

Serais-je devenu maboul ? (voyant entrer Labousquette.) Mais non, le voilà le brosseur.

LABOUSQUETTE

Bon Dieu ! le général en troupier...

PRUDENCE, sortant en chemise

Je suis déshonorée...

LABOUSQUETTE

Nom d'un chien c'était la vieille !...

(Il s'éponge le front. Prudence lui fait des yeux langoureux.)

LE GÉNÉRAL, (voyant Prudence en chemise)

Qu'est-ce que c'est que ça !... Une folle ? sommes pas à l'Hôtel mais à Charenton ! (Très fort) Voyons qu'est-ce qui se passe ?

(Entre Victoire qui s'arrête un instant sur le seuil puis qui regarde le Général, surprise de ne pas le voir dans son bel uniforme.)

SCÈNE XXVII

Les mêmes. Victoire

VICTOIRE, *allant droit au général*

Tu n'es qu'un blagueur. Tu m'avais dit que tu étais général....

Tous

Elle le tutoie !,..
(*Tous rient.*)

LE GÉNÉRAL, *à part*

Vexant pour ma dignité (*haut*). Sauve-moi et je te prends à mon service.,. Que signifient ces échanges d'uniformes?

VICTOIRE, *bonne fille*

(*Haut*) C'est bien simple, mon général ; quand le clairon a sonné.... tout le monde s'est dépêché et comme j'avais pris les habits pour les brosser, vous avez tous pêché dans le tas au hasard...

Tous

Voilà !...

LE GÉNÉRAL

Il y a maldonne !!..... (*a Vernier*). Aussi capitaine je vous rends votre démission.... Et toi, Lacuite !...

LACUITE

Présent.

LE GÉNÉRAL

Rends-moi mon uniforme.

Tous

Air : *A la fin tout s'explique.*

Si nous sûmes vous plaire
M.M. faites le voir.
En revenant nous faire
Visite un autre soir.

AUTEURS	TITRES DES ŒUVRES	HOMMES	FEMMES	PRIX NETS
Pierre Achard	Dans l'Escalier	2	1	s. m.
B. Lebreton	Débuts d'une Etoile (Les)	5	5	s. m.
Cellier-Gramet	Demoiselles Plumenboy (Les)	3	4	s. m.
A. Condamin	Dépêches de Lucien (Les)	2	2	s. m.
Saint Paul	Déraillement (Le)	3	2	s. m.
St-Paul.-G. Rose fils	Dernière carotte (La)	3	2	s. m.
L. Lefèvre	Dernier verre (Le)	2	1	4 »
F. Barbier	Deux amours de chandeliers	1	1	5 «
Roydel-Herbel	Deux anges au clou	2	2	loc.
Ch. Hubans	Deux coqs vivaient en paix	2	1	6 »
F. Garcia	Deux estafiers (Les)	2	»	2 »
Vallès-Garnier	Deux femmes de M. Trochose (Les)	3	2	s. m.
G. Champsaert-F. Robin	Deux Jarretières (Les)	3	2	s. m.
M. Chautagne	Deux Muses (Les)	2	»	4 »
F. Barbier	Deux parfaits notaires (Les)	2	»	1 »
Grisbinski	Déveine (La)	2	2	s. m.
Moreau-Boucheral	Diable au moulin (Le)	5	5	loc.
M. de Marsan et A. Nérac	Digue-Digue de Mme Guilleret (Les)	3	3	s. m.
St-Paul (L')	Divorcerons-nons	3	2	s. m.
Léo Trézénick	Docteurs	2	»	s. m.
Gramet-Talber	Doigt coupé (Le)	troupe	»	loc.
G. Rose fils	Don Juan de Montmartre	3	3	s. m.
E. Bouvet-Lebreton	Drapeau du régiment (Le)	5	4	s. m.
Moreau-Arnould	Drôle de Cocotté	1	2	s. m.
F. Muffat-L. Bouvet	Dudule	3	2	s. m.
Bouvet-Sevry	Dupont et Dupont	4	3	s. m.
St-Paul et Rose fils	Durandard est un bon garçon	3	2	s. m.
Dottin-Boulay-Layrice	Dariflard	5	2	s. m.
L. Bouvet-Schmoll	Echange de bals	5	5	s. m.
De Launoy et Lions	Echarpe (L')	4	2	s. m.
J. Domerc	Ecole buissonnière (L')	»	3	s. m.
Boulay-Layrice	Ecole des Cocus (L')	4	3	s. m.
E. Codey	Ecole du Journalisme (L')	4	2	s. m.
Ed. Lhuillier	Elle débute ce soir	1	1	6 »
Delaruelle	El senor Piffardino	1	1	4 »
M. de Marsan	Empire du Milieu (L')	3	2	s. m.
Dannys et Morels	Encore un déraillement	3	2	s. m.
S.-Paul-Douglas	Encore une revue	4	4	s. m.
L. Bouvet et P. Simonot	Enfant du Mystère (L')	2	3	s. m.
Jallais-Hubans	Enlèvement des Sabines (L')	troupe	»	loc.
Villebichot	Entre deux jardins	1	1	4 »
Léo Trézenik	Envers d'un notaire (L')	2	2	s. m.
Garnier-Vallès	Erreur de Bridouille (L')	3	2	s. m.
Banès	Escargot (L')	2	3	6 »
A. Pujol	Esprits d'Argenteuil (Les)	5	2	s. m.
St-Paul-Douglas	Est-il (L')	2	3	s. m.
P. Pottier-B. Dubreuil	Estime du Concierge (L')	2	1	s. m.
D. Dihau	Eternel roman (L')	1	1	4 »
Houzel-Roydel-Travel	Etrennes utiles	3	2	s. m.
L. Jancey	Exercice de nuit	3	2	s. m.
Garnier-Vallès	Exploits de Malichard (Les)	6	4	s. m.
De Marsan	Facture (La)	1	2	s. m.
St-Paul-G. Rose fils	Fais ça pour moi	3	2	s. m.
G. Rosé-F. Bouveret	Famille du Brasseur	3	3	s. m.
Moreau-Gramet	Famille Nitouche (La)	3	4	loc.
L. Bouvet,-J. Sétry-Rosès	Family-Plage	6	4	loc.
B. Jourda-Terse	Fatale épreuve	1	2	s. m.
G. Rose, père	Faux-cols d'Oscar (Les)	1	2	s. m.
B. Lannoy-Lions	Félicité	3	2	s. m.
F. Chaudoir	Fête à Clandine (La)	1	1	4 »
E. Duhem	Fête à M. le Maire (La)	5	2	4 »
Javelot	Fiancés Berrichons (Les)	1	1	3 »
Soulié	Fiancés du bonnet de coton (Les)	1	1	5 »
Liouville	Fièvre phylloxérique (La)	3	2	4 »
Bertrié	Fille du Charpentier (La)	3	1	5 »
Dourel-Roydel-G. Herré	Filles de Corneville (Les)	4	7	loc.
Lebreton	Filles du Charcutier (Les)	3	3	s. m.
Lebreton-Moreau	Fils de Gouape	4	4	s. m.
Villebichot	Fleuriste et Typographe	1	1	5 »
Pradels-Quinel	Fosse aux ours (La)	4	4	s. m.
Moreau-Soudant	Francs-Tireurs de la Mort (Les)	troupe	»	s. m.
Lebreton-Moreau	Frère de lait (Les)	1	2	4 »
Cieutat	Furet (Le)	»	1	4 »
Moreau-Touzé	Gai gai mariez-vous!	4	3	s. m.
Moreau-Darsay	Gaîtés du Bastion (Les)	4	3	s. m.
Marsèle-(J.) Douanier	Galant Douanier	3	1	s. m.
L. Bouvet et Arribat	La garçonnière de Dutocard (La)	3	3	s. m.
Seraine	Garde champêtre de Corneville (Le)	1	»	1 »
L. Dottin	Gendre de M. Duplantoir (Le)	3	2	s. m.
Moreau-E. Pacra	Girafe (La)	3	2	s. m.
Lebreton-St-Paul	Gontran se marie	3	2	s. m.
B. Lebreton-Soudant	Gosse (La)	3	2	s. m.
Rose fils et Ryvez	Greffier (Le)	4	3	s. m.
Hervo-Merki	Grève des Boulangers (La)	5	»	1 »
Moreau-Marcus	Grève des Facteurs (La)	2	2	s. m.
Villebichot	Hirondelles de la rue (Les)	»	2	3 »
Maurice de Marsan	Homme du Louvre (L')	3	3	s. m.
L. Bouvet et G. Arribat	Homme du Parc Monceau (L')	3	3	s. m.
Rose fils	Homme explosible (L')	2	2	s. m.
St-Paul-Rose fils	Hôtel des Fantômes (L')	3	1	s. m.
H. Barbé et Téramond	Huissier des bons jours	3	2	s. m.
Bessière-De Noter	Ile de Nénuphar (L')	5	»	loc.
L. Bouvet-Simonot	Il faut que jeunesse se passe	2 ou 1	2 ou 3	s. m.
De Launoy et Lions	Indispensable (L')	2	2	s. m.

AUTEURS	TITRES DES ŒUVRES	HOMMES	FEMMES	PRIX NETS
D. Jourda-Douglas	Instantanés	3	2	s. m.
Moniot	Jacotte	1	1	5 »
E. Warmoës	Jacquet (Le)	3	2	s. m.
Liger-Aubrun	J'ai perdu Virginie	3	1	loc.
L. Bouvet-F. Muffat	J'attends l'Huissier	2	1	s. m.
Michiels	Jefque et Trinne	1	1	8 »
St-Paul	J'en ai plein le dos	2	1	s. m.
A. Perronnet	Je reviens de Compiègne	»	1	4 »
Bernicat	Jeunesse de Béranger (La)	3	1	6 »
B. Lebreton	Jeunesse de Hoche (La)	6	6	s. m.
De Marsan	Jour de gloire est arrivé (Le)	3	2	s. m.
L. Collin	Journée aux soufflets (La)	1	1	4 »
J. Férol	Jeux de sorts (Le)	7	4	s. m.
St-Paul-P. Avril	Labistrouille	3	2	s. m.
Soudant	Lâchée	5	1	s. m.
Desormes	Leçon de musique (La)	1	1	4 »
St-Paul	Leroy l'amuse	3	3	s. m.
Dourel-Herbel	Le trimard est un gaffeur	2	2	loc.
Verneuil	Loupiot (Le)	2	»	s. m.
Dourel-Herbel	Lucien est maboule!	3	1	s. m.
L. Hottin et H. Darville	Ma belle mère à la Pécolle	4	3	loc.
Moreau-Gramet	Ma Colonelle	2	2	s. m.
Wachs	Madame le Docteur	2	1	4 »
Lebreton-St-Paul	Mademoiselle le Docteur	3	2	s. m.
V. Roger	Mademoiselle Louloute	2	2	5 »
L. Dourel et L. Février	Magnétisé sans le savoir	2	2	loc.
F. Lémon-L. Schmoll	Maires	7	5	loc.
J. Rableau,-L. Yody et E. Bauget	Maison du Crime (La)	4	2	s. m.
Talexy	Maître Grelot	4	1	6 »
Bouvet	Major Purjotin (Le)	4	3	s. m.
Lebreton	Mam'zelle Baïonnette	3	3	s. m.
Tar-Nemo-Celfal	Mamz'elle Culot	troupe	»	6 »
De Champclos-Jacquin	Mam'zelle Phryné	3	1	s. m.
L. Bouvet et Bolfin	Mannequin (Le)	3	2	s. m.
Jan Pierre et Morelo	Manœuvre électorale	3	»	s. m.
B. Lebreton et E. Pacra	Maquignon (Le)	5	4	s. m.
de Marsan	Marchand de cochons et le dépendeur d'andouilles (Le)	3	3	s. m.
Jouhaud	Mariages riches	1	1	3 »
Tollet-Frot	Marié sans l'être	4	»	3 »
Moreau-Duroc	Maris jaloux (Les)	5	2	s. m.
Simiot	Mariés de Nanterre (Les)	1	2	4 »
Beissier-Sciama	Mars et Vénus	3	2	loc.
Millou	Matinée du Prince (La)	3	3	s. m.
A. Verse	Maturu fait des béguins	5-5	4 ou 4	s. m.
M. de Lagarde	Mèche (La)	3	2	s. m.
Moreau-Boucherat	Medjidié (La)	3	1	loc.
C. André	Melon (Le) Monologue soyel	1	»	2 »
De Marsan	Ménage Blésimard (Le)	3	2	s. m.
B. Lebreton-H. Moreau	Ménage d'artistes	6	5	s. m.
Moreau-Darsay	Ménage Poiré (Le)	2	2	s. m.
Desormes	Menu de Georgette (Le)	3	2	8 »
Soudant-Moreau	Mimi Vadrouille	troupe	»	loc.
Mayrargue	Modern Styl	2	2	s. m.
L. Rivaux	Mon Oncle et ma Tante	4	3	s. m.
De Marsan	Monsieur Babolin	3	2	s. m.
De Marsan	Monsieur de chez Maxim's (le)	3	3	s. m.
Paul Vallès	Monsieur Dutrognon	4	1	s. m.
E. Bessière	Monsieur l'Inspecteur	2	4	s. m.
Garnier-Vallès	Monsieur ma belle-mère	2	3	s. m.
L. Rivaux	Monsieur Pâtemolle	2	2	s. m.
Marsèle	Monsieur sourd (Le)	3	2	s. m.
Moreau-Touzé	Mouche du Coche (La)	4	2	s. m.
Jourda	Moyen de l'être (Le)	1	1	loc.
Desormes	Nègre de la porte St-Denis	3	3	s. m.
Dottin et H. Touzé	Nègre pour rire	3	2	3 »
C. Lhuillier	Nez enchanté (Le)	1	1	loc.
Herpin	Noce à Grospoulot (La)	5	7	5 »
F. Barbier	Noce à Suzon (La)	1	1	loc.
E. Beissière-Noter	Noces de Lambiston (Les)	5	2	5 »
L. Collin	Noces d'Or (Les)	2	1	loc.
Moreau-Rivaux	Nommé Baluche (Le)	1	2	s. m.
St-Paul et Rose fils	Nos docteurs	3	2	loc.
Moreau-Gramet	Nos petites Chattes	3	4	6 »
V. Roger	Nourrice de Montfermeil (La)	2	8	s. m.
G. Rose fils	Nous allons chez les Durand	1	1	loc.
Tunzé-Prod'homme	Nuit de noces de Beauflanchet	6	4	s. m.
F. Bossuyt	Nuit de Noël	2	2	s. m.
Charles Séider	Octave le chaste	3 ou 2	3 ou 2	s. m.
Rose père	Omelette au lard (L')	4	2	3 »
Dédé fils	Oncle et Neveu	3	»	loc.
Louis Bouvet	Oncle Maboulin (L')	4	4	s. m.
St-Paul	On parle Anglais	5	6	loc.
Henry Gambard	O. N. P. D. B.	2	2	loc.
Bessières-Noter	Ordonnance Béguchet (L')	2	2	s. m.
St-Paul-R. Rose fils	Ordonnance malgré lui	2	3	s. m.
Saint-Paul	Oscar est détraqué	4	3	s. m.
Pacra-Emmecé	Où est le père	3	4	loc.
Dufils	Paille et la Poutre (La)	2	2	s. m.
Robert Laurent-Julin	Par amour	3	»	s. m.
L. Rivaux	Parachute (Le)	7	7	s. m.
Febvre-Gréhon	Paris sans tailleurs	7	7	s. m.
F. Barbier	Par la fenêtre	1	1	4 »

AUTEURS	TITRES DES ŒUVRES	HOMMES	FEMMES	PRIX NETS
De Marsan	Partie carrée	4	3	s. m.
B. Lebreton	Parties fines	4	4	s. m.
Ed. Lhuillier	Pasquinette	1	1	3 »
Ch. Esquier	Passes magnétiques	3	2	s. m.
H. Moreau-E. Brasseur	Peau-rouge de la Bastille (Le)	4	4	s. m.
Rose fils	Peintre de talent	2	3	s. m.
Moreau-Darsay	Pension Carabin (La)	5	4	loc.
L. Bouvet	Pensionat St. Amour (Le)	4	4	s. m.
Offenbach-Roques	Péri-Collé (Parodie de Périchole) (La)	2	1	2 50
Lebreton. St-Paul	Péril jaune (Le)	2	2	s. m.
E. Warinoes	Permission de Binjot (La)	3	2	s. m.
H. Moreau Soudant	Permission de la nuit (La)	6	4	s. m.
Trébla-St-Cyr	Personne	2	1	s. m.
Landay	Pet !! Pet !!	3	3	s. m.
B. Lebreton	Petit factionnaire (Le)	4	3	s. m.
L. Collin	Petit Spahi (Le)	3	3	5 »
Gribinski	Petite Étoile	3	2	s. m.
L. Bouvet-St. Paul	Petite Fifi (La)	3	3	s. m.
Léon Jancey	Petite Guerre (La)	3	2	s. m.
L. Bouvet-F. Ruffat	Petites Actrices (Les)	4	4	s. m.
Lebreton-Moreau	Petits Zouzous (Les)	troupe	»	loc.
André	Picotin (Le)	1	»	2 »
L. Martin et E. Duhem	Pilules du Docteur (Les)	2	3	s. m.
Lebreton-Bessier	Piston de Clémentine (Le)	3	2	s. m.
Schmoll	Pitou	3	2	loc.
E. Herbel-L. Doufat-Raydel	Plaquée	3	3	s. m.
H. Barbé	Plus que 1.089 jours	3	»	s. m.
F. Barbier	Points jaunes (Les)	1	1	5 »
Defossez-Piccolini	Pommes d'amour (Les)	6	4	loc.
Duhem-L. Martin	Potache en goguette (Le)	4	2	loc.
F. Barbier	Poupée automate (La)	1	1	5 »
St Paul-G. Rose fils	Pour avoir la fille	4	3	s. m.
A. Lambert et B. Lebreton	Pour être papa	2	2	loc.
C. Roland	Pour le guérir	1	2	s. m.
A. Verax-Paul St-Philippe	Pour pincer Éliane	3	2	s. m.
Fay	Pour qui le gosse ?	2	3	s. m.
Lebreton-St. Paul	Pour qui volait-on ?	4	2	s. m.
A. Ibels et Reuzier Dercibress	P. P. C. ou les petits trous pas chers	3	3	s. m.
A. Lambert	Première brouille (La) Comédie	»	1	s. m.
St Paul-P. Avril	Première scène	2	3	s. m.
F. Barbier	Premières armes de Parny (Les)	1	3	5 »
L. Bouvet-S. Arribat	Prends mon oncle	4	2	s. m.
L. Rose fils-H. Syréz	Prestige de l'uniforme (Le)	4	2	s. m.
L. Potier. R. Dubreuil	Prise de la Bastille (La)	4	1	s. m.
Moreau	Professeur de Chant (Le)	1	1	s. m.
De Marsan	Pucelle de Mézidon (La)	3	3	s. m.
Henry Gambart	Pupille du charcutier (La)	3	3	s. m.
Lebreton	Quatre hommes et un caporal	5	»	s. m.
S. Rose fils Ryvez	Que Madame n'en sache rien	2	2	s. m.
Délilia-Héros	Qui va à la chasse	2	»	s. m.
L. Collin	Qui se dispute s'adore	1	1	3 »
St Paul-S. Rose fils	Qui veut la fin	2	2	s. m.
L. Bouvet-F. Ruffat	Rabiot (Le)	3	2	s. m.
Léon Jancey	Ra ! Fla !!	2	1	s. m.
Villebichot	Réponse du Berger (La)	1	1	4 »
Jacoutot	Retour de Kerdrec (Le)	2	1	4 »
Meugé	Retour de Margotte (Le)	1	1	4 »
L. Collin	Retour de Musette (Le)	1	1	4 »
De Marsan	Revenant de la rue de la Pompe (Le)	5	5	s. m.
Lebreton	Revue à l'envers (La)	4	4	loc.
St Paul	Revue interdite	4	4	loc.
Lhuillier	Risette	»	1	s. m.
Yvel et Briolet	Roi Koku (Le)	troupe	»	loc.
Desormes	Rolland furieux	3	1	2 »
L. Désormes	Romance impossible (La)	2	»	4 »
Michiels	Rozière d'Interlaken (La)	1	1	4 »
Jancey	Sabre et plumeau	1	1	s. m.
G. Rose fils-F. Boyprost	Sacré Cake-Walk	4	3	s. m.
L. Rivaux	Sacré jour de l'an	6	2	loc.
L. Bouvet-G. Arribat	Sacré Jules	2	2	s. m.
Briollet-Tinant	Sacré Vermillon	3	3	s. m.
B. Lebreton-J. Lebreton	Sacrée Nounou	3	5	s. m.
H. Moreau-Arnoud	Saint-Antoine malgré lui	5	2	s. m.
P. Lefaure	Saint-Prosper (La)	2	2	s. m.
Louis Bouvet-G. Arribat	Salade d'Ordonnances	3	2	s. m.
B. Lebreton-J. Lebreton	Salade de Gendarmes	3	»	s. m.
Clinquaperi-Rolin	Sandrina	3	2	s. m.
L. Dottin	Sauvage malgré lui	2	2	5 »
R. Planquette	Serment de Mme Grégoire (Le)	4	1	5 »
Lebreton-Soudant	Serment du marin (Le)	4	1	5 »
Ouvrier	Simone et Boquillon	1	2	loc.
Lebreton St-Paul	Singeries de l'Amour (Les)	4	2	s. m.
B. Lebreton-H. Darsay	Sœur du Cabotin (La)	4	2	loc.
R. Buffières-Malfait	Soirée bourgeoise	2	2	s. m.
Leserre	Soirée d'amateurs (pochade)	5	5	s. m.
Lebreton-Moreau	Soldat !	5	5	s. m.
H. Gilbert	Son amant	2	1	s. m.
H. Gambart et M. Natel	Soucis de la paternité (Les)	2	1	s. m.
Meyan	Soupirs du Cœur	1	1	s. m.
Briolet-Tinant	Source merveilleuse (La)	4	2	s. m.
Demare-P. Laurey	Sous-Préfet de Pésenas (Le)	3	2	s. m.
Ch. Malo	Souviens-toi de Clémentine	2	1	s. m.
Moreau-Darsay	Spiritisme des familles	4	3	loc.
D. Jourda et A. Kesler	Stratagème !	4	3	s. m.
Tac.-Coen	Suzette Suzanne et Suzon	1	3	s. m.
Mauzin	Syndicat des marchands de marrons (La)	5	3	s. m.
A. Mesnil	T'amuses-tu Pingot	6	»	s. m.
Levavasseur	Tante d'Amérique (La)	3	3	s. m.
C. Roland	Ta pomme Paris	3	10	loc.
Wachs	Tata chez Toto	2	1	4 »
G. Hervé-B. Fabrice	Témoin	4	3	s. m.
L'empereur et Primard	Témoin (Le)	3	1	10 »
St-Paul et Rose fils	Terrible affaire	3	2	s. m.
Briollet-Gerny	Testament Cracfort (Le)	8	6	loc.
Marc Sonal	Théophile	2	6	s. m.
B. Lebreton-E. Blairat	Tisane des Boërs (La)	4	2	s. m.
Chassaigne	Toc	2	2	s. m.
Hervé	Toinette et son carabinier	2	1	5 »
B. Lebreton	Tombeur de l'Escouade (Le)	3	2	s. m.
Blanchard de la Bretesche	Toréro de Lolotte (Le)	5	5	loc.
M. Guillemaud	Toto la Rincette	5	5	loc.
Wachs	Totor et Titine	1	1	loc.
Cartier	Train des Maris (Le)	2	2	4 »
Moreau-Duroc	Tranquil'hôtel	5	4	s. m.
Moreau-Darsay	Trente mille francs par an	2	2	loc.
B. Lebreton-St. Paul	Tringlots (Les)	4	3	s. m.
H. Gilbert	Triple alliance (La)	5	2	s. m.
L. Lebreton-J. Tranchant	Trois Divorces (Les)	5	3	s. m.
Lebreton-Téramond	Trois Gosses (Les)	4	4	loc.
Bouvet	Trois hercules pour une femme	3	2	s. m.
Bessière	Troisième du trois (La)	6	6	s. m.
F. Bossuyt-F. Bouveret	Trio d'Apaches	3	2	s. m.
A. Huhn et E. Pacra	Trio de Vertus	4	2	s. m.
L. Bouvet et H. Arribat	Troublante énigme	3	3	s. m.
Henry Gambart	Trougnol est un modeste	3	3	s. m.
Rose fils et Rivez	Trouvez un père	4	5	s. m.
Guillemaud-de Marsan	Truc de Binochet (Le)	3	2	s. m.
Lambert-Lebreton	Truc du Pharmacien (Le)	4	1	loc.
Daniel Jourda	Tu le seras	2	2	s. m.
Javelot	Un amour d'épicier	2	1	4 »
Bessière	Un attentat au bois	2	2	s. m.
F. Lefaure	Un beau père criminel	3	2	s. m.
Cardet-Lannoy	Un bon ami	2	1	s. m.
D. Fay	Un bon tuyan	9	4	s. m.
H. Barbé-G. Touzé	Un cas d'amnésie	3	2	s. m.
P. Henrion	Un charcutier dans les fers	1	1	4 »
De Marsan	Un client pas sérieux	4	3	s. m.
Chassaigné	Un coq en jupons	1	1	4 »
Banès	Un do malade	2	1	5 »
Wachs	Un domestique pour rire	1	1	4 »
Moreau-Gramet	Un dragon pour deux	3	2	1 »
L. Roy	Un épicier peu commode	4	2	loc.
G. Laurens	Un futur sur le gril	2	1	4 »
Ch. Malo	Un gendre à poigne	2	2	5 »
H. Levavasseur	Un grand criminel	4	2	s. m.
Péricaud	Un hercule qui ne veut pas se rouiller	2	1	loc.
St-Paul	Un jour d'audace	4	2	s. m.
Combillard	Un mariage à la force du poignet	1	1	3 »
Ch. Malo	Un mariage au flageolet	1	1	4 »
F. Bernicat	Un mari à l'essai	1	1	4 »
Péricaud	Un mari en grande vitesse	3	1	4 »
Moreau-R. Parault	Un mari somnambule	2	2	s. m.
L. Collin	Un mauvais conscrit	2	»	4 »
B. Vallès-E. Garnier	Un Monsieur qui frotte	4	3	s. m.
B. Lebreton St-Paul	Un Oncle pour deux	3	»	s. m.
Chassaigne	Un 1er jour de ménage	1	1	4 »
Mayrarque	Un sauvetage	2	3	s. m.
F. Barbier	Un souper chez Mlle Contat	»	5	5 »
Bernicat	Une aventure de la clairon	2	2	6 »
H. Gambart et G. Charpentier	Une belle à condition	3	9	s. m.
Garnier-Vallès	Une Corbeille de Noce	2	1	s. m.
E. André	Une drôle de Marquise	2	1	3 »
Jouhaud	Une femme de quart de monde	2	1	4 »
Marc Sonal-Victor Bréhan	Une femme pour six sous	1	1	5 »
L. Roques	Une femme tombée du Ciel	3	1	5 »
Villebichot	Une fille à trucs	3	1	4 »
Liouville	Une fille en loterie	2	1	4 »
Touzé Monjardin	Une intrigue chez les Mouchamiel	2	1	s. m.
Desormes	Une lune de miel Normande	1	1	4 »
L. Collin	Une mariée sans mari	1	1	3 »
Ed. Lhuillier	Une marine à la vapeur	2	2	5 »
Desormes	Une mauvaise connaissance	3	»	loc.
Moreau-Darsay	Une mauvaise nuit	2	2	s. m.
Saint-Paul et M. Lupin	Une nuit d'ivresse	2	2	4 »
Duhem	Une partie à Robinson	2	2	loc.
L. Martin	Une partie de pêche	5	4	loc.
L. Lebreton-St Paul	Une petite femme en or	3	1	4 »
Wachs	Une pleine eau à Chatou	3	1	4 »
Bernicat	Une poule mouillée	2	1	4 »
Lebreton-St-Paul	Une Rosserie	2	»	4 »
Chassaigne	Une table de café	2	»	4 »
Robillard	Une tempête conjugale	1	1	4 »
R. Planquette	Valet de cœur (Le)	2	1	s. m.
St. Paul	Vase de Soissons (Le)	2	1	4 »
Robillard	Vengeance de Ramolli (La)	2	2	s. m.
L. Roydel et Jost	Vermouth et Tilleul	1	»	s. m.
L. Jancey	Viens mon Toutou	1	1	3 »
Bouvet-Arribat	Vieux, le Melon et le Rat (Le)	4	3	s. m.
Lebreton-St-Paul	Vingt-cinq minutes d'arrêt	2	2	s. m.

AUTEURS	TITRES DES ŒUVRES	HOMMES	FEMMES	PRIX NETS	AUTEURS	TITRES DES ŒUVRES	HOMMES	FEMMES	PRIX NETS
Vallés-Talber. . .	Vingt huit jours de Sorenflot (Les)	7	3	loc.	Jacobi	Voilà l'plaisir mesdames. .	1	1	4 "
Normand-Vallès ,	Vive les Bleus.	7	4	loc.	F. Triber-Delattre . .	Volupté des dames (La) . .	4	3	s. m.
De Marsan	V'nez donc nous voir	4	3	s. m.	E. Beuveret et F. Bossuyt	Voyage pendant la Noce. .	3	2	s. m.
Lebreton-Moreau.	Vocation d'Isoline (La)	1	2	5 "	L. Valbe A. Veran	Ya du coton	7	6	loc.

Pour les représentations avec Orchestre. Prière de demander
les conditions de Location.

LIVRETS 1 Franc. NET.